那些地方

陈艳敏 著

山东画报出版社

图书在版编目（CIP）数据

那些地方 / 陈艳敏著. —济南：山东画报出版社，2018.5
 ISBN 978-7-5474-2613-5

Ⅰ.①那… Ⅱ.①陈… Ⅲ.①游记-作品集-中国-当代 Ⅳ.①I267.4

中国版本图书馆CIP数据核字（2017）第263100号

NAXIE DIFANG
书　　名	那些地方
丛书策划	梁济生
责任编辑	阚　焱　刘雪清
装帧设计	王　钧
出 版 人	李文波
主管部门	山东出版传媒股份有限公司
出版发行	山东画报出版社
	社　　址　济南市胜利大街39号　邮编 250001
	电　　话　总编室（0531）82098470
	市场部（0531）82098479　82098476（传真）
	网　　址　http://www.hbcbs.com.cn
	电子信箱　hbcb@sdpress.com.cn
印　　刷	山东新华印务有限责任公司
规　　格	140毫米×203毫米
	10印张　22幅图　190千字
版　　次	2018年5月第1版
印　　次	2018年5月第1次印刷
定　　价	36.00元

如有印装质量问题，请与出版社总编室联系调换。

自 序
成为光，成为爱，成为美

拙著"笺边琐记"系列丛书《那些人》《那些事》《那些时光》自2015年初版以来，受到读者朋友的欢迎和厚爱，陆续收到来自全国各地的读者来信，他们以恳切的话语、美好的信任给予我鞭策和鼓舞，借由文字彼此相遇，获得交流的喜悦与共鸣，达成心灵的默契与联结，留下温暖的记忆和纪念。这一切于我，是无比欣慰的事。

眼下又是春暖花开的时节。在这个美好的季节里，丛书迎来再版的消息，这同样是令人欣慰的事。此次丛书的再版，距初版已经过去了三年，静心独坐的此时，未免思绪万千：这三年当中发生了什么？我们的思想、情怀、境界又发生了怎样的改变？在广袤的宇宙当中，我们又作了哪些新的思索？有了哪些新的增进？时光改变了什么？不曾改变甚至永不改变的又是什么？是什么，带着我们的生命穿越时空走向永恒？

那些人，那些事，那些时光，因着真实的发生而不容更改。然而今天我仍然坚信，世间只有光和美穿越时空，到达永恒。

如果说三年前的心态如我于丛书自序中所说"向着光，向着爱，向着美"的话，那么三年过去，今天，一个强烈的声音告诉我："成为光，成为爱，成为美。"

纷繁万象之中我清晰地看到，内部恒在的光和美，仍然带着千古的能量与气息，以无以束缚和阻挡的活力直指未来。将这光、这爱、这美传递给他人，传递给更多的人，以光明点燃光明，以美好唤起美好，以爱感染爱，于我不仅仅是一件无比欣慰的事，还是毕生恒在的追求与使命。

而新作《那些地方》完成之时，适逢丛书再版的喜讯传来，承蒙山东画报出版社的美意，将之纳入丛书一并奉献给读者。世间万物随时给我们以启示。将自我放逐于天地之间，只不过一滴水珠，一粒微尘，世界上的很多事情本无足轻重，大自然的和谐永在。我们只需在一滴水珠里，照见纯净的底色，现出清澈的模样，在一粒微尘里，开出绚烂的花朵，放出璀璨的光华。让我们去到那些地方，于每一次的行走与抵达中走向开阔，体验与自然万物相合相契的欢喜。

向着光，向着爱，向着美；成为光，成为爱，成为美。

2018年4月12日早，陈艳敏于北京

目录

第一辑　在北京

游走爨底下　/3

房山·石花洞　/8

中秋房山之旅　/11

千古之谜古崖居　/18

古北水镇　/20

风景在路上　/27

感受宋庄　/37

宋庄花絮　/43

天安门　/44

城市怀想　/46

北京，我回来啦！　/51

你好，北京！ / 53

第二辑　周边自驾

野三坡怀想　/ 57

野三坡·拒马河　/ 59

野三坡·白草畔　/ 64

兴城之旅　/ 67

五月的坝上　/ 70

白云古洞　/ 74

避暑山庄　/ 78

鸡鸣驿　/ 80

蔚　县　/ 84

大同古城　/ 89

云冈石窟　/ 93

悬空寺　/ 97

大山里看星星　/ 101

五台山　/ 104

开封印象　/ 106

杨柳青青杨柳青　/ 110

第三辑　回到家乡

老家闲逛 / 129

师专重走 / 133

泰山怀想 / 139

济南潇洒胜江南 / 143

静静的我，静静的海 / 146

栈　桥 / 148

青岛记事 / 150

岛城心绪 / 154

感受日照 / 155

别了，桃花岛 / 158

山东，让我感到如此亲切 / 160

第四辑　差旅人生

天津，再见！ / 165

诗画扬州 / 169

平淡常州 / 173

我与石家庄擦肩而过 / 175

印象沈阳 / 177

爱憎哈尔滨 / 179

感受大东北 / 183

大海仍在，美永恒 / 225

广州杂感 / 230

北京路和上下九 / 232

这算到过东莞吗 / 236

惠州西湖掠影 / 238

鹏城印象 / 240

体验华强北 / 242

啊，厦门 / 245

福州·三坊七巷 / 247

福州·时光书吧 / 249

福州·独自逛街 / 251

BYE-BYE了，贵阳 / 253

遵义半日 / 255

翠　湖 / 257

日韩海上巡游 / 259

第五辑　邂逅欧罗巴

欧洲·飞行 / 265

梵蒂冈·罗马 / 268

佛罗伦萨 / 272

威尼斯 /280

摩纳哥·尼斯 /284

戛纳·艾日 /287

阿尔卑斯山·因特拉肯 /289

凡尔赛宫·塞纳河 /294

罗浮宫·凯旋门·埃菲尔铁塔 /297

教堂和咖啡馆 /299

法瑞意,美好的旅程 /303

第一辑 **在北京**

游走爨底下

车开到爨底下村的时候正值中午，下了车好奇地在沿街的院落里溜达，一阵浓浓的肉香味扑鼻而来，这下可好，肚子正饿呢，说什么也走不动了，奔着有肉的这家就去了。

这家名为"四合客栈9号"的四合院已经客满，我们被大妈请进了她家"楼上"的凉亭。

店家隆重推出的是烤羊腿，新鲜出炉。本以为会剩下很多，没想到片刻之间就被我们消灭干净了。

这时才开始听大妈给我们讲村里的典故。

位于京西深山峡谷中的爨底下村，原是明朝时候山西的两个韩姓村民迁移至此而建。当时山西的那个村落发大水，村庄被洪水淹没了，一对外出的男女回来后发现自己的家园已变成汪洋一片。大哭一场后，这对男女发誓重建家园。但因同出一宗，不知能否结婚，就用石磨以测天意。二人各背一块石磨上山，对天诉说："我家遭此祸，如老天有眼不断我家烟火，我二人愿结为夫妻，万望老天赐福。我俩推下两块石磨，如能合二为一，说明是老天同意。"说完，二人推磨，到沟底一看，果然两块合一。二人就结了婚，并根据风水将家安于此地。

随后这对夫妇生了三个儿子，分立了三门，并确定了韩姓20代家谱，爨底下村全村姓韩，均是这三门的后代，至今已是第17代。爨底下村背靠龙头山，坐南朝北，依山势而建，清一色的明朝四合院民居，是我国保存较为完整的山村古建筑群之一。

关于"爨底下"这个名字的来历，不下三个版本，其中之一是因在明代军事隘口"爨里安口"下而得名。关于爨底下村的"爨"字，村民有一顺口溜：兴字头，宝字腰，一把大火把林烧。取"越烧越旺""兴旺发达"之意。而爨底下四面环山，也被村民称为聚宝盆。

据大妈说，过去全村有90多户人家，现在还剩下40户，一部分在抗日战争时期保卫家园牺牲了，一部分进了城，留下来的主要靠种地和旅游业为生。

大妈的讲解有声有色，不时还穿插些美妙诗文，我们所在的凉亭也被她编入诗中，一套一套，感觉真是不同凡响，可惜我的记性不好，只顾激动，一句也没记住，能够回味，却无法分享。

走出四合客栈，在村前蜿蜒的街上闲逛，这是全村唯一的街巷，路面为凹凸不平的石头铺就，天淅淅沥沥地下着小雨，街中央支着烤玉米的火炉，香气扑鼻，烟雾缭绕，游人进进出出，但不匆不忙，农家的特色小店里陈列着虎头鞋等手工艺品，看上去吉祥红火，生机盎然。

在村中央发现两口古井，一口被几根木头掩着，另一口盖着铁盖。掀开铁盖看了看，古井深不见底。据说《黄河绝恋》《太极宗师》《无言的爱》等多部影片在此取景拍摄。而在机井以及自来水被使用之前，爨底下村的村民世世代代就是靠这些古井得以生存和延续的。如今，井虽被闲置了，但它们依然存在着，静静地待在那儿，作为历史的见证。

而那古老的石阶，那时不时就可以见到的大门紧锁的院落，那断壁残垣，还有那墙上关于"解放军"、关于"毛主席"的标语，都可以作为历史的见证，一切都默默地在那儿。

借着古井的名字，旁边的客栈就取名古井客栈，进得大门，左侧是倒塌的残墙，右侧是一进紧锁的院落，前方左手才是客栈，踏进门槛，感觉里面冷冷清清，有几分神秘，也有几分阴森。院里坐着一男一女，本想询问一下住宿情况，但简单问了几句就出来了。

福禄院11号却不同，开门一个色彩斑斓的"爨"字赫然墙上，大火在下面熊熊地燃烧着，热闹，喜庆，而院子里的人气更是旺盛，来自北京的某艺术院校的几个女学生在画油画，其余的三五好友在喝茶、聊天，院子里的大妈在厨房里忙活，不时地到院儿里跟人聊上两句，平和，安详。

"还有地儿住吗？"

画油画的女学生说："有！"随即招呼大妈出来。

当场就订下住在大妈家。

第二天一早，循着历史的踪迹我去参观"财主院"，但看到的财主院已经完全没有了昔日的气派和辉煌，冷冷清清，空空荡荡，"财主"——今日的主人正在院子里升火，孤单，凄凉……老房子显然没有翻修过，院里的石砖也已坑洼不平，今非昔比，引发无限感慨。

而当我怀着好奇心在聚鸿老宅探头观望的时候，老宅的男主人热情招呼我进来看，并不无好奇地问："你为什么不敢到我的院儿里来呀？"我不好意思地回答："呵呵，怕打扰。"主人笑了："搞旅游的还怕被打扰？来，随便看。"

早晨的爨底下安静极了，顺着石阶穿过一个个客栈登临广亮门，看到一阶阶的房屋沉睡般地静静伫立着，逐级而下，看到碾子和石磨在村头一间阴暗的屋子里陈列着，布满了尘埃，然而仿佛只在这样的状态里，爨底下才恢复了本来的爨底下。

为去观景台拍村子的全景，分别从两侧爬对面的山坡，发现每上几个台阶，就会呈现不同的景致，可谓一步一景，但由于起得太早，山上人少，两次走到密林深处都望而却步了。

初升的太阳渐次照亮了对面的山头,站在半山腰极目远眺,爨底下村依然错落有致,依偎在龙头山之上以扇形铺开,村前的街巷蜿蜒伸展,静中有动,和谐自然,虽为人建,却仿若天成。这里,曾经作为北京通往陕、晋和口外的要塞而繁华一时,也曾作为兵家必争之地飞扬着炮火硝烟……历史已经不堪回首,站在山上,我禁不住祈祷,愿老天继续保佑这一方水土和这一方人。

2009年5月31日

房山·石花洞

从野三坡回京的路上经过房山，先生提议说可以带我们去看看那里的石花洞。十几年前他曾经去过。

石花洞位于北京的房山，由500年前的一位法师发现，因此又叫石佛洞、潜真洞，洞口供奉着三尊大理石佛像。它与桂林芦笛岩、福建玉华洞、杭州瑶琳洞并称我国四大岩溶洞穴。

石花洞真不愧为"溶洞博物馆"，进得洞内，不由得感叹大自然的鬼斧神工，石笋、石花、石灯、石幔，都是千万年时光的沉积，不由得带我们进入了历史的想象，想去追溯千万年前它是怎样的一种状态，是怎么产生，又是怎么形成的。有些岩壁上能清晰地看到被溶蚀的水位线的痕迹，石床上是层层叠叠、细细密密的流水的波纹，是百万年前，还是千万年前，这里曾经有小河流淌？

形态各异的钟乳石上仍然滴着水，安静，缓慢，据导游介绍，这些千奇百怪的石头每一百年才能长出1厘米，而我们停驻的刹那，才是千万年时光中的多少万分之一啊？！看这神奇的石瀑布吧，流畅的线条，自然的造型，顺应着千万年中每一刻的水流，每一刻的光阴，每一刻的温度和湿度，自然天成，难道不是世上最伟大的杰作吗？这里的每一件作品，经过了千万年时光的雕琢，才于合适的机遇里得以完成，世间的哪一位艺术家能够达到如此造诣呢？而在被发现之前，它就这样存在着，生长着，沉默着，累积着。被发现了，它依然遗世独立，不喜不悲，在漫长的时光中缓慢穿越……注定了，它将以比我们更久的耐心更长更远地看到未来。

石花洞绵延地下几千米，共有上下七层，目前一至四层对游客开放。当站在第四层、地下垂直150米的时候，看着这个开阔但却幽暗的洞穴，我忽然又有了一种忐忑的感觉，是敬畏，抑或是恐惧，我躲在先生身边双手合十，悄悄地念叨"拜山神拜山神"——这是我端午之旅的第三次由衷拜山神了，我需要借大自然的神力，给我补足一点勇气。

走到第五层洞口的时候，我们被丝网拦在了外面，导游说目前只有一至四层对游客开放，五至七层只有探险队员和工作人员可以进入，其中第七层是条地下暗河。探头看了看，通向五层的洞口黑咕隆咚，更多的未知和恐惧袭进脑海——探险是项多么伟大多么了不起的、难以企及的事业——置身被千万年时光溶蚀的漫漫黑洞，又将是一种怎样的感受？不去也罢。

原路走出石花洞,我的心情依然被牵引着,没想到北京,我们的家门口还有这么多神奇的地方,为什么我们还要急于寻找远处的风景呢?下一站去哪?银狐洞、门头沟古溶洞,还是京东大溶洞呢?

2011年6月9日,北京家中

中秋房山之旅

中秋小长假，我们抽出两天的时间，先后到了房山长沟的葵花海、周口店、十八潭、百花山、百花谷，体验了一次愉快的京郊之旅。

上午将近十点，当在京西的田野里远远地看到一大片黄，我们猜测那就是葵花海了。走得稍近，看到旁边的八个大字——"城市之间，水岸花田"，顿时萌发诗意田园之感，很有一点"采菊东篱下，悠然见南山"的浪漫意境。

葵花，那是我最爱的花，是与我心灵最为契合的花，当我们的车开到花田边，连向天边的一大片向日葵铺展到我面前的时候，内心的喜悦达到了极点。这种花，曾于法国南部的艾尔小城将凡·高引向辉煌的顶点，在它的面前，我最欣赏的画家凡·高曾经激动得不能自已，彼时他所能做的，只有将它，将这一片绚烂的色彩涂于画布上，日复一日。唯有那样，才能倾尽他内心无限的热爱。直到这绚烂的色彩伴随着对美的追寻将他引向永恒。而今天，它还在用同样强大的力量撼动着我，带给我瞬间相融的感觉。我太感谢上苍将我带到这一片葵花海了，片刻的邂逅，亦带着无限的美和呼应。

而在路上，欣欣开着新换的车一路西行，我愉快地朗读着事先带来的《乐府诗选》："出西门，步念之：今日不作乐，当待何时……"假日读诗，该是最为浪漫、最为应景、最有情致的事了吧？无所事事，无所挂牵，只沉浸于美好的心情和诗意的氛围里，的确是莫大的享受。趁着假期，我们真的是该将脑袋中无谓的东西清清零，与诗同在，与时光同在，与家人同在。

如果不是欣欣在网上偶然看到，我还不知道京西有这么一片葵花海。然而没有想到我对葵花过敏，进到花田里不多时，身上就感觉奇痒，再过一会儿，见胳膊和腿上都起了小疙瘩……对着一朵朵张着笑脸、像是在歌唱的葵花拍了一些照片，我们就恋恋不舍地离开了。

走出不远，看到周口店的路标，想必周口店遗址就在附近。恰好咪宝初中第一节历史课刚刚学到北京人和山顶洞人，于是决定拐个弯儿。在那里，按照编号依次参观，了解了一下北京人的历史演进，获得了一点直观感受，作为教科书的补充，顿时觉得此次京西不虚此行，有农业观光，有历史教育，还有文化熏陶，可谓一举几得。

吃完午饭，从京西奔百花山，欣欣说还要开一百多公里。

一百多公里几乎全是蜿蜒的山路，我们的车绕着大山一圈圈地转，一弯一绕，都是风景。如果天公作美，天再蓝一些，那将更加美妙。

一路上不时看到很多景点，妙峰山，爨底下，等到了十八潭的时候，我再也经不住诱惑了，忍不住说："停一下吧，我们去看看。"假日的出行在我的意识里，似乎并没有一个特定的目的地，走哪算哪，哪美停哪，才叫舒心和惬意。

在山下半干的小河边玩了会儿，我们买了门票进山了。想去看看山中的十八潭和瀑布——十八潭在我们的想象里，该是一片不错的风景。一座山有了水才有活力，才有灵气，刚柔相济，才是最美。当时已是下午两三点钟，迎面不时地有人从山上下来，有时我会逮住一位好奇地问："上面好玩儿吗？"他们说："就是爬山呗。""有水吗？""水？没怎么看到，就是小坑。"

些许失望。但我们还是决定往上再爬一会儿，十八潭，怎么也得见着一个"潭"呀！当朝着期待中的第一个潭继续行进的时候，迎面下来几个小伙子，只听其中一位说："太热了，下去看看水。"我和咪宝、咪爸不禁哑然失笑，等那伙人走远，咪宝咯咯地笑出了声，冲着我和爸爸说："下去看看水！"我和咪爸也哈哈地笑了起来……我们的第一个潭，你在哪里呢？

念叨的工夫，上得几步台阶，第一个潭来了——明月潭。我们不禁感到惊讶,这是怎样的一个潭呀?水已退去,只在桥洞的下面剩下浅浅的一小汪,"潭"边留下了一块尴尬的大石头,上书"明月潭"。这和想象中的"十八潭"差距也太大了吧!看了这个潭,我们便不想再看后面的十七个潭了。

乘兴而来,兴尽则返。我们决定离开,继续驶向我们的百花山。

来前,一位出租车司机曾经向我介绍过百花山,他说那里山美水美,值得一玩。还说全程一级公路,直通山顶。言谈间对那片土地充满了热爱——百花山是他的家乡。而他由衷的话语却真真地感染了我,并在很大程度上促成了这次的百花山之行。

我们的车逐渐靠近百花山的时候已是黄昏,路上的车辆明显减少,路的两边是郁郁葱葱的树木,恍惚间有点热带雨林的感觉,幽静至极。见前后无人,咪宝兴致来了,冲着天窗大声地喊:"爸爸,你——喜——欢——我——吗?"见状我也疯狂一下,跟着喊:"老公,你——爱——我——吗?"声音响彻山谷,传来回声,三个人哈哈哈地乐……

到得那里,了解到百花山原本离我们过去爬过的白草畔不远。看百花山,为的是看鲜花盛开时美丽的山顶草甸,想象中,那景致也该与白草畔大同小异吧?只是初秋的此时已非看花的最好季节,想必山上的鲜花已经凋落。农家院的男主人告诉我们,百花山在此地被他们称作"三角塌梁",是否取意于山顶的"塌陷"不得而知,但它再次让我联想到不远处的白草畔,此处的山顶即是白草畔的山顶么?以两个不同的地方为起点,最后依然是殊途同归么?

去爬吧。

次日一早,农家院吃完早餐我们就去爬山了。果然,百花山的山道很有一些白草畔的风情,两侧的白桦树诗意而浪漫,跟白草畔的白桦林似无二致。记得几年前爬白草畔时,沿途也有很多白桦树,光滑的树皮张开着,路过的一个行人笑着对我们说:"这上面可以写诗的。"彼时的一幕再次出现在眼前……在白桦树的树干上,偶尔看见"小心毒蛇"的警告,浪漫之中,似又增添了一份冒险的情调。

当爬到一半,咪爸和咪宝爬不动了,说什么也不愿再往上爬了。而彼时我的体力才刚用了5%啊!团队出行,我也只好迁就他们,随他们一起下山了,心说这俩人好没品!

此时再想到白草畔,心中平添了一丝安慰,那山顶的风光,想必也与白草畔差不了多少吧?我如此自我安慰着,和他们一起下了山。

回到农家院吃过午餐,我们决定到旁边的百花谷看一看。听当地居民说那里有峡谷有潭水有瀑布,听起来应该不错。但有了之前的十八潭,我们也不敢抱太多幻想。

然而没有想到,自打进了山谷,就是一路的泉水叮咚,潺潺的小溪水从山涧流出，银色的瀑布从山上泻落，丰沛的潭水清澈见底，繁茂的灌木和草丛中，看不见的水流哗哗作响，带着某种涤荡的力量——那是大自然最清纯、最美妙的音乐，不染杂质，不染世俗，走到哪里，这音乐跟随我们到哪里，徜徉其中，忘情沉醉。此时天空也晴朗起来，初秋的太阳照耀着山谷，看着长流不息的山泉水，听着大自然清幽的音乐，我们不想走了，一家三口就坐在一汪潭水边，看着山泉水从山石上流下来，经过此处，流向他方，身心得到了最好的休息和放松。

这里的峡谷也有几分情趣，两山之间，崎岖蜿蜒，一会陡坡，一会窄道，一会小桥，草木葳蕤，水草丰茂，烂漫的野花和枝蔓不时伸展过来，挡住我们的镜头和视线，幽静之中，叮咚的溪流更显轻快。

拍照的工夫，咪爸和咪宝已经落下我很远，绕到了山的另一侧，被山石遮挡住找不到了，瞻前顾后，看到前后无人，陡然间竟产生了一丝恐惧——习惯了都市的嘈杂，对于突然而来的幽静似乎已经有些不适了，刹那间脑子里浮想联翩地产生了许多复杂的联想，我在后面急切地喊："等——等——我！"咪爸吹口哨以示听到。我快步追过去，等绕过山石，见他们俩在前面等我，我安然地笑了。

山谷的人并不多，时而隐约听到有人说话，也是"空山不见人，但闻人语响"，也许是平日里不良的社会新闻看多了，望着深幽、空旷的山谷，我说太静了也有点害怕，咪爸不以为然，只沉醉于眼前的时光，说：多好啊！是啊，我这个被社会和世事异化了的人，何时才能回归到自然、平和的状态呀？世道人心，何时才能重归太平啊？在我内心的深处，却深深地迷恋于这一片世外的桃源。

没有想到这意外的发现，竟是一个梦幻之旅。然而世间美景，无一能被我们长相拥有，那音乐我们无法带走，那感觉我们无法带走，那么就让它驻留心间吧。

而一家三口两日的相伴而行和山山水水，却是再次地见证了属于我们自己的幸福时光。

2014年9月9日～10日，北京

千古之谜古崖居

在朋友的博客里看到古崖居，感到十分震撼，后依稀忆起多年前电视上仿佛介绍过这么个地方。恰巧端午节到来，决定驱车延庆，一探究竟。

古崖居坐落在半山腰上，何时开凿，何人居住，不得而知。后有屯军说，避难说，盗匪巢穴说等，但均无据可考。主流倾向于认为，是距今1000多年的唐朝末年，活跃在延庆北部山区的游牧民族——西奚族居住的山寨。但若果真如此，那么今天这个民族为何已销声匿迹？在这些洞窟里为何没有留下图案、文字，史书也没有任何记载？而且所有的"房子"都坐南朝北，而不是逐阳而居，这又是为何？

洞口很矮，窟内更是漆黑阴冷，一个人在里面会感觉瘆得慌。窟内分不同居室，火炕、马槽、灯台尚可分辨。就是不知道那么矮的门马匹如何进来？一些被日月风化了的台阶，是为进得高处崖窟而凿，台阶已无法辨认，进出实在不易，禁不住想到，如果不是特殊情况，古崖洞人为何要屈居于此，难为自己？但若只为暂时避难，似乎也不必费力凿此洞穴……我们决定进一个"三居室"看看。

室内空空如也，有几个隔断，分卧室、厨房等不同功能，内有烟道。至于其中所谓的"挂物架""调料台"，我怀疑是后人想象。室内有窗，尤其是靠近门处，光线稍好。走出室外，看到一个大观景台，观景台是拍摄古崖居的最好位置，而崖居之下，却是深山峡谷。

至于说古崖洞人还留下了什么文明和蛛丝马迹可供后人想象，那就是沿着山路拾级而上，还能找到一口水井，井已废置，但仍能唤起人们的无尽想象。山上有泉，但已枯竭，立一牌子纪念曾经的历史。

"奚人已乘黄鹤去，此地空余古崖居，一代英雄成霸业，千古洞窟千古谜。"离开时，在山门前读到这首诗，感慨良多……

2010年6月16日，北京

古北水镇

小长假最后一天,觉得应该出去玩玩,正不知道去哪里好,看到同事在微信上发的一组不错的风景,古色古香,山清水秀,瞬间给人不一样的感觉,一问才知道这地方叫古北水镇,就在密云,当即决定也去那里。

古北水镇位于密云古北口镇的司马台长城脚下,水镇的官网上如此介绍:"古北口自古以雄险著称,有着优越的军事地理位置,《密云县志》上描述古北口'京师北控边塞,顺天所属以松亭、古北口、居庸三关为总要,而古北为尤冲'。古北口以其独特的军事文化吸引了无数文人雅士,苏辙、刘敞、纳兰性德等文辞大家在此留下了许多名文佳句,更有康熙、乾隆皇帝多次赞颂,以'地扼襟喉趋朔漠,天留锁钥枕雄关'来称颂它地势的险峻与重要。"

踏上水镇,我们看到一条碧波荡漾的小河,沿河分布着清一色的灰色古建,建制大小不一而同,但基本都是独门小院，院门开着，游客可以随意进出。

等真的进去，发现院子大多空空如也，房间也是空空荡荡，无人居住的院落便显得有些寂寥和衰败，与想象中的居家热闹还是有些落差——无论在哪里，人，原本都是最美的风景。禁不住想：游客来了，原住民哪里去了呢？刹那间我感到如画的风景中，似乎缺少了点什么。想起两年前在无锡偶遇的巡塘镇，小镇白墙灰瓦，枕河而居，小桥流水，夕阳西下，那是真正的江南风光，远看如水墨画般美丽，走近却也是一座空镇，彼时正在大兴土木，重建整修，此举也是为旅游做准备，就是不知道日后游客来了，村民将要搬到哪里去。

水镇主道的两旁，不时分出一些巷陌，院落一进套着一进，高矮不同，错落有致，看得出在建造时还是下了一番功夫，费了一番思忖。门前不知名的花朵开得正盛，在灰墙的衬托下生机盎然，很有一点意境，彼时彼地，一种莫名的亲切感油然而生。

在道路的拐弯处，看到了城墙，城墙泡在水里，清澈的小河将它与此岸的居家隔开。据说这河叫汤河，丰沛的河水来自村后的鸳鸯湖水库。它让我想起了以前去过的水长城，有一段长城城垣亦是泡在水中，但那是在怀柔，应该不是同一条河。然而只要是不经伪造的自然景观，都别有一番风味。

继续往前走，是一条宽阔、热闹的街道，两旁有茶食铺、咖啡馆、工艺品店，有灯笼、年画等手工作坊。在店里，我问了些关于水镇的历史，大多数人能够说得出来，因为开发成旅游区以前，这里曾经是他们的家，而如今，他们是"公司的员工"。古北水镇，就是在过去的司马台村等三个古村落基础上推倒重建的，想必是由一家公司统一管理，去年刚刚对游客开放，目前正在招商，主街上已有一些店铺被不同的人租去，做了比萨店、西餐馆、咖啡厅、客栈，租用率不高，但也已经有了一些生气。在一家年画坊，我买了一张生肖画，是只可爱的小狗，女儿买了一匹小马，她自己上色，一点点地涂抹，全然不见了平素的焦躁和紧张，如此慢慢地消磨时间，也是一种幸福。

汤河水分出的各个支流遍布了水镇的大街小巷，两岸浸于水中的石头房子虽为新建，却颇具古意，看来还是花费了不少心思，置身彼地，仿若置身江南，我禁不住联想：主持该项设计的一定是江南的建筑师吧？

在一家比萨店，我们用了午餐，阳光透过通透的大玻璃房照到我们身上，暖暖的，是慵懒惬意的感觉。爬山虎等绿色植物攀附在厚重的灰墙上，年轻的小情侣一边用餐一边聊天，时光静止，美好无限，顿时有了不想离去的感觉。我说：夏天我们再来吧。先生说：夏天再来，要在河边住上一个晚上。好主意！

震远镖局，是水镇的一个历史景点，未见镖局，我们先看到了镖局客栈。客栈冠上"镖局",便多了几分威慑和神秘,我们决定进去看看。不曾想客栈阳光普照的四方小院里,一对情侣正在花下对聊,完全没有威震四方的肃穆感,相反,却是一派祥和美好的景象。我脱口而出:下次来我们就住这里吧。客栈的服务员告诉我们,震远镖局在对面。

从小桥走到对面,看到镖局,我的兴趣似乎还是在人,缠住一位五十来岁、朴实憨厚的看护人员问这问那:

"以前就有这个镖局吗?"

"有!"

"您是这村里的吗?"

"是!"

"那你们现在都搬哪了啊?"

"集体搬到另一个地方去住了。"

"这儿多好啊,是不是很不愿离开啊?"

"毕竟在这生活了很多年!也还好,两层小楼,给安排工作,还开着民宿。"

哦,看来村民也还满意,这时的我似乎才稍稍地减少了一些忧虑。是啊,很多的时候,开发也意味着剥夺,让一个人被迫离开祖祖辈辈生活的土地,那不是金钱能够摆平的。原处奥林匹克公园一带的洼里村的村民,就曾为奥运作出过这样的牺牲和贡献。尽管他们已经搬到了郊区的昌平,但在那里,村民的心里还是有着难以割舍的旧洼里,于是在现址自发建起了洼里博物馆，供游人参观，更是以历史留存的方式，追根溯源，纪念他们心中难舍的故土。

而刚刚建好的古北水镇，显然还没有将功课做到极致，好山好水好建筑之中，似乎缺少了些人文谱系，旅游手册和现实村镇上吃喝玩乐应有尽有、一应俱全，唯独看不到其历史渊源和来龙去脉，昔日的水镇，到底是个怎样的村镇？是一群什么样的人生活在这里？有着怎样的历史掌故？古村落的房屋又是怎样的构建？被建筑师作了几许改动和几许发挥？在游客的头脑中一概是个谜。

在日月岛码头坐船时，撑船的村民告诉我们，杨家将曾经过这里，他曾是这里的原住民，说过去他们的房子都是红砖房，样子和现在有点相像，但不像现在的小楼，都是平房。他给我指了指，说："以前我家在那边！在这看不到，比较靠里。"顺着他指的方向望去，灰压压一片，如今，他的家早已和别人的家一样，片瓦不存了，只是汤河水还在日复一日地流淌。带着游客往返于汤河之上，会唤起他无限的怀念吗？

好在，他新家的地址仍在河边，只不过在汤河的下游。

他对我们说，汤河水过去也没有这么深，村民的房屋也不在水里，只是在岸边。而这里的水却是异常神奇，这位村民说，汤河水主要来自背后这座不知名的山和鸳鸯湖，而这山特别神奇，西边是温泉，东边是冷泉，我们正行驶在上面

的汤河水大部分都是泉水。难怪我们在镇里时不时看到温泉，人们围着温泉泡脚、休息、谈天说地。如果不是刻意非要去寻水镇的历史、文化、典故，这里倒也处处弥漫着怡人的闲适情调，是京郊不可多得的好去处。

下了船，我们仍有兴致，又绕到另一条街上，造访那里的永顺染坊和司马小烧酿酒作坊。

染坊的当院挂着绚丽夺目的长幅织染制品，从蓝天的背景中披挂下来，很能渲染气氛，引来游人争相拍照。织造、制版、彩印等织染车间供游人参观，临街的店铺有成品售卖。这间作坊是古来就有，还是被承租人租来招徕游客？我不得而知，想了解一下它的来历，但没有找到合适的人询问。

隔壁的酿酒作坊地下车间里贴着酿酒的工艺流程，旁边是酿酒用的高粱、小麦等谷物以及发酵大缸。工作人员介绍说，这家作坊以前就有，但它的所属也已不再是原作坊主，所有人也已变成了"公司"。但他说，为了保证品质，他们特制的司马小烧并不在景区外售卖，只供游人购买。听上去这是件有意思的事，在即将离开水镇的片刻，司马小烧似乎为我们的旅程平添了一丝趣味。于是并不喝酒的我，在离开前的那一刻，也提了一瓶包装精美的司马小烧，顺便又拎了两袋水镇小菜儿，面带欢喜，兴致盎然，逗得咪爸嘿嘿直乐。

值得一提的是，古北水镇，本与司马台长城相连，两个景区分别售票，沿水镇一直向东，便是长城，若是乘船走水路，则可直达。一是时间关系，二是司马台长城几年前去过，三是反正还会再来，此次司马台我们没有光顾。而毋庸置疑，司马台，是长城中颇具特点的一段，下一次来了值得再去。

2015年4月13日，北京

风景在路上
——游延庆百里山水画廊

一

本来"五一"小长假定好去济南陪父母,但由于父母临时决定回东明老家,我们只好将订好的火车票退掉,可一下子也不知道假期该去哪里了,出门的头一天晚上才决定自驾去延庆,听说那里的百里山水画廊不错,具体不详,走走看吧。

1号一早,我像往常一样早早醒来,欣欣和女儿还在睡梦中,我没忍心叫醒他们,因为游玩本来就是要以休闲舒适为主,不分早晚,也没有什么可着急的。等他们醒来,吃完早点,出门的时候已经10点多了,不急不忙地上了高速,一路向北。

然而不多远就堵车了。慢慢地挨了一会儿,见出口欣欣就将车开了出来,驶离高速,拐进一条山道——是的,我们原本没有固定的目的地啊，来时我特地带上了几本书，带上了速写本，女儿带上了作业，想象着哪美就在哪停，写生、休闲，难道不也是不失浪漫的旅行吗？

没想到这一拐却如临仙境，山间小道几乎没有车辆，静谧安然，和高速的拥堵形成鲜明对比。伴着激昂的音乐和欢快的心情，我们的车时而沿着大山盘旋，时而行驶在平坦的乡间小道，远处和近处的山峦在云雾中不停地变幻着角度，从我们视线里掠过，远远看去，大山一派葱茏，不时地有山花点缀其间，十分写意。道路两边的白杨树刚刚萌发出新绿，伸展着枝条，在小雨中更显清新，刹那间给我们的心上平添了许多的欢喜，时不时地还有小花开在路旁，红的，黄的，白的，映衬着清凉的道路和朦胧的远山，向我们传递着春天的讯息，随着音乐的节拍，我不自觉地挥舞起手臂，完全陶醉其中。彼时如果用两个字概括，我想到了"臭美"，快乐写在脸上和心上。是啊，在写字楼里待久了，这样的放逐和回归是如此的必要和难得，有时候旅行就像一个蓄水的过程，暂时的歇息和放逐是为了更好地出发和开始。

窗外的小雨还在淅淅沥沥地下着，远处的山峦被笼罩在白色的雾气中，虚无缥缈，如梦似幻，近处紫色的丁香花在雨中默默地绽放，将眼前的景象衬托得简洁美好。

我忍不住下车拍照，并发微信分享沿途景色，有朋友问在哪里，我说我也不知道到了哪里，怀柔？或者延庆？而这些又似乎不怎么重要。不是说风景在路上吗？有些时候，或许我们真的不必去管到了哪里，只需专心地享受当下美好的时刻，眼前美好的景色。而对我来说，在一起，处处尽是美景——有欣欣和女儿在身边，到哪我都倍感幸福和安心，于是这样的出行，也为我十分珍惜。

本来担心欣欣开车会累，告诉他累了我们就停，但言谈之中看他也不时地露出兴奋和喜悦，我的心情顿时变得更加放松和愉快了。带着家当，就让我们来一次随心、随性、随意的旅行吧。

道路两旁的花木越发地多了起来，有时候一大片一大片的黄花就开在路边，一团团一簇簇，却叫不出名字，山脚下更多的花木萌发了绿芽但还没有开花，可以想象夏日来临或秋收时节，满山满谷的山花开遍又是一番怎样的景象。欣欣说我们已经到了四季花海，四季花海也是延庆百里山水画廊的一部分。

原来百里山水画廊是延庆旅游的一个大的品牌，或者说一个统称，百里全程为自然山水，天然景观，彰显自然造化的鬼斧神工和丰伟杰作，所谓"百里"想必也是一个笼统的概念。这个印象在我中途路过千家店村问路时得到了证实。自然放达，而不拘泥于一景一致，一山一水，注重气象，而不局限于一事一物，一枝一节，我喜欢这个概念。正如我们此次的出行，没有条条没有框框，没有计划没有目标，一切随心随性随遇随缘,而好奇心还是驱使着我们,到达不曾涉足之地去探索和发现,获得意外的体验和感悟。

二

过了千家店村,山的缓坡上出现几个用花围成的"百里山水画廊"的大字,欣欣说这是百里山水画廊的起点。一路走来,已经领略了大自然的无限风光,而此时,发现好戏才刚刚开始,内心又是一阵欢喜。

在这里停车待了一会儿,到溪边走了走,路边买了一块烤红薯,我们沿着"画廊"继续往里走。

此时已是下午4点,我开始留心吃饭住宿的地方,过了几处,感觉不是太理想,犹豫稍许继续往前开,开着开着,看到硅化木地质公园了,知道硅化木地质公园是百里画廊的一个景点,但并未刻意计划,既然偶遇,就进去看看。

公园不大,但花木扶疏,很有生机和格调,像个小型的植物园,沿着弯弯曲曲的小路一边上山一边被两边的花草树木吸引,驻足拍照。这条小路将我们引向硅化木展览室,只见红顶的房屋前后种满了果树和花草,有的正开着花,有的已经谢了,但藤藤蔓蔓,绿意盎然,对面的青山,远处的绿水依稀可见,很有一点田园居家、世外桃源的感觉。禁不住想：如能远离都市的喧嚣，将身心安置于青山绿水之间，吸收天地之灵气，汲取草木之精华，"采菊东篱下，悠然见南山"，如陶渊明般清心自在，该是何等的幸福！

资料记载，亿万年前这里是原始森林，后来经过地质和火山运动，很多树木被埋入地下，经过漫漫时光的洗礼，经历了诸多意外的变迁，变成了今天看到的硅化木，除了陈列室里陈列的粗细不等的标本，在周边的山上还有58株未经移植的硅化木，后人建了亭子和护栏予以保护。

下了山，发现眼前就是一排农家院。我喜欢这个地方，决定在这吃饭并住一宿。

次日醒来，推门出去，大山还在沉睡，山里的清晨如此安静，空气也是城里没有的新鲜，想到大山里的居民朝夕生活于此，日出而作，日落而息，何尝不是一种奢侈呢？我随意地溜达着，边走边做着深呼吸，恨不得将新鲜空气都吸进肺里。走着走着，远远地看到一汪湖水，我禁不住朝着湖走了过去。据说白河流经此地，湖水想必亦是白河水吧。湖边是一条小路，被两边的树木和花草掩映着，清幽宜人，唐梨花的花瓣在微风的吹拂下轻盈地飘落，地上积起了一层"白雪"，桃花开得正好，映照着碧绿的湖水和对面的山峦，我走走停停，沿小径漫步，或驻足花前，徜徉其间，亦陶醉其中，那是都市看不到的静美。被眼前的时光和景象迷醉，兴来遂诌《卜算子》：

才却紫竹湖，

又临白河水。

山花烂漫为谁开？

春光无限美。

梨花带雨来，

小桃出新蕊。

幽幽小径通何方？

斯人已沉醉。

待欣欣和女儿醒来，我将刚才的所见欣然地讲给他们，吃过早餐，我们开始了新的游历。欣欣带我们先后到乌龙峡谷和幽谷神潭。

三

乌龙峡谷景色奇绝，有瀑布，有小溪，林木繁茂，青杏刚刚结出小果，抬头望去，在蓝天的衬托下生机盎然，充满了期待和欢喜。但峡谷不是很长，短短一会儿工夫就游览完了，这样的景致若能再长一点，大家会更尽兴。

幽谷神潭也是路过，随机停下，欣欣说以前上学的时候他曾经来过，我说："那就带你来重温一下吧。"幽谷神潭的游览也是愉快的，佛像石刻安放于树林中或道路旁，与大自然融为一体，自然和谐，漫步其间，心中陡然升起安详慈悲之意，也使这峡谷变得意味悠长起来。

　　山间的小路弯弯曲曲，道边的佛像几步一尊，在拐弯处，在石凳旁，在花木间，而每一尊都神态各异，活灵活现，有的手拿念珠，有的手持莲蓬，有的手托钵盂，有的拈花微笑，有的摸着脑袋，一副闲适自得状，有的托着下巴，歪着脑袋，眯着眼睛，带着微笑，自适中透着俏皮，有的正在舀水，或是准备做饭，有的背着背篓，似要砍柴上山，眼睛或睁或闭，但个个慈眉善目，或从容，或欢喜，或自足，或闲在，听着道旁叮咚的山泉和林间百鸟的歌唱，悠然自得，清净无染，是佛性，亦是人性，融佛性于人性之中，在神界，又在你我身边，与人间并无疏离隔阂之感。

　　途中有一处小树林，林木间错落有致地安放了许多尊佛像，石刻的佛像不高大，不突兀，稳稳地盘坐着，经过风吹日晒雨淋，与林木、与大山的调子极为和谐，表情、姿态却同样定格在了不同的瞬间，流露出丰富的内涵，使游人从定势的印象中超脱出来，刹那间获得一丝清新、愉悦之感。再往前走，于正中一块开阔空地的大石头上看到了济公像，活佛摇着蒲扇，唱着"鞋儿破，帽儿破，身上的袈裟破，你笑我，他笑我，一把扇儿破……"拯危济困，彰善惩恶，为世人称道。那石头亦是一块普通的山石，自自然然地斜卧在那里，没有刻意张扬和雕琢的痕迹。

而两旁的空地或山体上还有其他的石刻作品，诸如五牛纳福、老鼠娶亲，等等，一律的惟妙惟肖，一些作品就地、就势取材，就在大山上雕刻，体现了艺术家巧夺天工的智慧和崇尚自然的理念。路边的山石上，还不时看到篆刻的题写，"长乐未央""吉祥如意"之类，更给峡谷增添了一些深度和层次。

此时正是山花烂漫的季节，小溪水轻快地流淌在繁茂的花木丛中，常常被满树的繁花压盖下来，枝枝蔓蔓的甚是好看。有水的地方自然多了许多的灵性，静下来细看，溪流和潭水中有蝌蚪，有小鱼，我们走走停停，在山谷间看到一潭水，有许多小鱼游戏其间，女儿将在公园门口买的小鱼网伸进水里，希望能网到几条，然而刚一伸进去，小鱼即刻就跑光了，她就蹲在潭边的大石头上静静地等待，而我索性坐在旁边一块更大的石头上，双腿自然地耷拉下来，山谷里很静，除了花草、潭水和潭里的小鱼，就我们一家三口，那一刻一种无上的幸福感袭来，若能在此待上半天，忘记时间，忘记归程，让那一个刹那就此定格，该有多好！此时已是夕阳西下，柔和的阳光泛着暖暖的金色照在脸上，照在心上。小鱼终于也入网了，女儿小心地将它们装进小瓶，说好了跟它们玩上一会儿，然后再将它们重新放入潭中，让每一个生命都得欢喜和自在。

乘兴而来，兴尽而返，在外游逛了两天，我们都想回北京我们的家了，于是便没有再上，也没有再去找所谓的神潭，听欣欣给我们描述了一下神潭的样子，我们就往门口走准备回去了。

四

回程的GPS将我们带到了一条大路，继而又将我们带向了京加高速，可是走着走着就堵车了，车队排成了长龙，远远地看不到尽头，再看网上的信息，我们出门的那一天，说高速路上竟然堵车堵了十小时！我们在庆幸选择了山间小道一路风光地走过来的同时，又感到眼前的等待确实不堪忍受，照此状况，不知何时能到北京。于是我们再次作出改变道路的决定，前面见出口就出来了。

然而，GPS所有回北京的路线都绕不开京加路！我们虽然怀念来时的林荫小道，却不知道到哪里再去找那条道路了。后来一想，按照来时的行程一站站回忆，一站站退回去，不就可以找到来时的小路了吗？一拍即合，我们决定这么做，先回到上午去过的乌龙峡谷，再到硅化木地质公园，再到千家店村，根据记忆，又找到了四海，继而看到了百里长廊的起点,到了这里,欣欣说就完全能够沿着来时的路一路返回了,听他这么说,我的心也顿时踏实了下来。此时天已全黑,月亮爬上了山坡,朗照着四周的山峦,朦朦胧胧,夜晚的山谷显得更加安静了,我一边提醒欣欣开车小心,一边对他说累了就停,随时找地方住宿,休息好了第二天再回北京。

欣欣加足了马力一路开去,中间看见一个汽车宿营地,产生了住宿的想法,但前台说合适的房间已经没有,我们就继续上路了。

等过了怀柔,粗略地计算了一下时间,以此速度,回到家也还不算太晚,所以开过小汤山的时候我们已经初步决定当晚回家了。无论如何,还是在家睡得舒适安稳啊。

当晚十点半,我们顺利地回到温暖的家中。回想这个完全随性的旅程,发现给我们的假期增添了许多意想不到的欣喜。风景在路上,唯愿在一起。

2015年5月4日~6日,北京

感受宋庄

当汽车驶离京哈高速奔宋庄方向的时候,我迫不及待地观望着窗外的景象,那个艺术家汇集、世界闻名的宋庄到底是个什么样子呢?内心禁不住有一些好奇。

GPS将我们带到宋庄美术馆,一路上稀稀落落地看到一些画家的工作室,不像想象中的密密麻麻挤在一起;公路两边偶尔有指示牌,写着"青岛群""成都群"……联想到这些画家依不同的地域和群落居住,内心竟然升起了一丝暖意。

宋庄美术馆不算很大,或许由于正在闭馆,看上去很安静,门上贴着告示:4月10日开馆。看来我们来得不是时候。

正如对美术馆的印象,整个宋庄感觉都很沉静,没有楼房,地广人稀,跟我想象的那个名声大噪的宋庄有很大的反差——刚从闹市过来的人真的需要适应一番,刚走进宋庄的时候我甚至都怀疑在这里能否找到饭馆吃中午饭。

我的中学同学庞永杰开车来美术馆接我们,他作为职业画家已在宋庄定居多年。他带我们去参观画廊和朋友的工作室,但不巧,有几家都关着门,朋友也不在,院子里空无一人,只有极具个性的一面大墙肃穆地待在那里。

最后一家较大的画廊开门了,画廊占地很大,但进出的人很少。同学说这里的画一般卖价在两三千、三五千,多数是被中产阶级买去作为一般收藏,他说他的画早已不在宋庄卖了。我们问那在哪儿卖呀?他说主要在国外,当然国内较大的画廊,像上海的比利时画廊也有。

这让我联想起十几年前,当时的庞永杰辞去工作后(他山师大美术系毕业后回家执教,之后辞职北上),曾经在圆明园的某个角落里,和一群流浪画家一起苦苦挣扎,艰难度日。

记得那年他在中国美术馆办个展,两个老外对他的画表示出兴趣,这让他抱了很大的希望,居无定所、朝不保夕的他急需将画卖出去!但迫于语言障碍,他找我帮忙请翻译,我帮他找了,但在北京外国语大学老外的宿舍里,人家执意表达了没有要买的意思,当时的失望是不言而喻的。庞永杰和他的女朋友——他现在的妻子,当时和他一起画画的上海女孩落寞地走在街上,在黄昏的背景里显得颇为凄凉。

后来圆明园驱逐画家的时候,他们随着大波的画家来到宋庄。

走出画廊,庞永杰带我们参观了他的工作室,工作室在二楼,是租来的。他告诉我们他刚又在宋庄买了一块地,准备建自己的工作室。

工作室的一楼是一个东北的哥们儿，庞永杰叫上他跟我们一起吃午饭。

被两个画家领进了一个小饭馆——原来小饭馆就藏在宋庄的里面，不熟悉这里的人不太容易找到——似乎又一次感到，宋庄是内敛的。

这家饭馆虽然不大，但却很有宋庄特色，屋子里挂满了画。同学说这里是他们的常来之地，也是一个画家开的，主人来自江浙一带，常常从老家带回一些地道的家乡菜给他们吃，那是别处的饭馆吃不到的。屋子里的画是他的姐姐画的。我们被画家带到后院里来，在院里一棵还未长出枝叶的果树下，太阳无遮拦地照在餐桌和我们的身上，一份惬意和舒适悠然而来，那一刻，我仿佛突然间领略到了一丝宋庄的意味。

我问同学："这里的人是不是按'青岛群''成都群'扎堆居住啊？"同学说不是的，我在路边见到的那些牌子是某次画展留下的广告牌。出于好奇，我接着问："在此居住多年，是不是你们这些画家彼此都认识啊？"同学说过去刚搬进来那会儿没几个人，大家彼此都认识，现在不同了，宋庄来自四面八方的人很多，流动的人也多，很多都不认识。我心中暗自诧异：这和我们看到的那个冷清的、缺少人烟的宋庄似乎无法吻合呀？

无意间那位东北的哥们儿说，画画的人必须要能够独处。

我似乎恍然大悟，美术本身，或许就是一门独处的、向内求索的艺术，所以这些艺术家才远离闹市，找到这样一片安静的土地，即使群居，也无法失去沉静、独立的本性，这就是宋庄名声远播却又不露声色的原因吗？

这位朋友说在圆明园驱逐画家的时候，他是第一波被抓进去的，他至今不明原因，进去三天又放了出来。后来画家们被赶往了宋庄，宋庄兴起之后，圆明园似乎后悔错过了发展艺术产业的大好机会，曾经反过头来又去邀请当年被驱逐的艺术家，艺术家有去的，但非常寥寥，圆明园的艺术产业便由此没落了。

听到这里，我似乎隐隐地感到，这个看上去很不起眼的村庄，或许还隐含着很多的秘密。宋庄兴起的历史，或许就是画家的辛酸史。然而正如那些风格各异、百花齐放的作品无法被复制一样，每个居住于此的画家似乎又在执着地坚持着自己的道路。他们不懈坚持的，到底又是什么呢？

同学写在画册上的自述意味深长，简短的一些文字诠释了他的艺术追求，似乎也使我找到了一些有关宋庄的答案，他说："艺术是一种宗教情怀，特别是对于我这样以艺术为生的人来说，它是一种救赎方式。"

看来感受宋庄，需要深入。

2010年4月4日

附：

《庞永杰作品集》自述

艺术是一种宗教情怀，特别对于我这样以艺术为生的人来说，它是一种救赎方式。每天的工作就是祈祷，通过这种自我完善的过程，来感知矛盾与冲突、种族与阶级，感知社会、人生、天空、大地，对这宽广的一切，我是通过艺术——一种极简、单纯的方式来表达自身感悟的。

我是去化解污垢，不是去提出问题，是去体悟而不是急于说出，是思者而不是从者。我认为高级的东西，是高度统一的。无论以什么方式出现，都有至高的境界。人们可以通过虔诚地感知与体验来接近。

在创作中，我坚持把语言隐于作品背后，理想隐于感觉背后，复杂隐于单纯背后，学术隐于纯粹背后。它是轻松、自由的，兼有解构与建树，极端与宽容，保持艺术家的独立与直觉，宗教般地去感悟、表达。

东方与西方，传统与当代，这些不是我思索的主体，这只不过是言语形式上的借口，是表象，而精神，才是根本。精神不是嫁接与并置，是深远处的抱一。

当代艺术实际上呈现两个方面，一种通过形式的创造来展现，一种是通过精神上的追问来表达。我是属于后者，我更倾向于通过反复诵念来达到精神的统一。在极简的艺术形式中，有一种丰富的、魔幻的、巫术般的东西，它在专注与投入中出现，在放松与忘我中空灵。

我试图达到，当站到我的作品面前，会有种幻觉，让人暂时忘却烦琐，接近空灵；或安静思考，介入世间更宽广的联系，衍生出悲悯之心。

毕加索以来，一味地求新、求变、求"进步"的思潮，鼓励了艺术形式的浮躁；博依斯以来，解构也成了一种过于主流方式。而我只试图以微弱之势，逆其潮流，以一张巨大的幕布包裹这一再瓦解的血淋淋之体，来呈现一个完整的、单纯之躯。这种举动或许微弱，或许尴尬，但哪怕是一种堂唐吉诃德式的无奈结局，也必须坚持。在芜杂的当代艺术潮流中，必须有不断的建构来与过多的解构相抗衡。

庞永杰

2005年11月于北京

宋庄花絮

离开宋庄的时候，先生的车被一女子风风火火地拦住，只见那女子趴到车窗上，我往下摇玻璃，听见女子热切地刚要说："能不能……"见我将玻璃摇下来，又停住了："噢，算了吧。"

我反而有点好奇了："你本来想怎么着啊？"她迟疑一下，说："想将我带到××处，前面。"

"那你上车吧。"我说。

将女子捎到她要去的地方，女子下了车。我在车里禁不住哈哈大笑，跟先生说："宋庄怎么还有这样的啊？"先生也笑了。

在此基础上我重新演绎了一把，看着先生："'哥，能不能将我带到哪哪哪呀？''噢，姐在，那算了。'"讲完我俩哈哈大笑……

这时闺女插话了："噢，大姨在，那算了。"这回是一家人笑翻了。

2010年4月5日

那些地方

天安门

保姆随爸妈第一次来北京,麦子快熟了,她惦记着回家收麦子,临走前她提出想去天安门看看,于是周末带她去了趟天安门。

车从天安门前驶过的时候,阿姨激动地自语:"这回看到的是真的……"

天安门作为首都的标志性建筑,是到了北京的人必定都要去看一看的,就好像不去天安门就不叫来过北京,只有到了天安门才算是到了北京似的。

不过也的确如此。平时天天在天安门前穿行,不觉得什么,仿佛已司空见惯,但真的又踏在广场的土地上,看着熙熙攘攘慕名而来的中外游人,看到那些庄严挺立的再熟悉不过的建筑,却依然会有种神圣感。脑海里依然会响起那首熟悉的歌曲:"我爱北京天安门,天安门上太阳升……"

和往日一样,广场里依然聚满了人,由于赶上降旗,很多人站在那儿注目等待。我们靠天安门近些,再近些,趁着光线还行,给阿姨照足了相,等天安门城楼和广场的灯亮了,又给她拍了些夜景,直到清场才离开。

记得24年前我随舅舅第一次站到天安门前,印象最深的就是金水桥上络绎不绝的拥挤的人群,第一次见到这么多的人,我下意识地抓紧了舅舅的手,生怕在拥挤的人群里走失了。24年过去,天安门前依然还是那么多的人,广场里依然还是那么多的人,天安门,依然是那么多人心中的圣地。是啊,一个国家的精神和灵魂在此,看到它,或许便有了一种由衷的亲切和激动吧。

2008年5月25日

城市怀想

我为什么要在这里生活?似乎越来越找不到依据了,北京,对我来说为什么会感觉越来越陌生,甚至有种疏离感?这样的感觉,是今天才有的,还是从来没有离开过我?我不知道,而今天,我更愿意将自己看作客居在这里的人,其实,我也不知道我的家究竟在哪里,我会去向哪里。

静下来的两个月时间里,我想了很多,关于自己,关于家,关于情感,关于这个城市,那是同许多年以前一样忧郁的感觉,而且有些东西,在心里会越来越轻。

就像此刻,躲起来,深刻地关照自己的灵魂,对一切,作一个重新的调整。

从这个意义上,我感谢这段闲下来的日子。

我是一个需要独处的人,让思想沉淀,在这样的过程中,似乎才可见智慧的光芒。然而,智慧是很单薄的东西,无法真正地支持一个人,我不知道在内心希冀的,究竟是什么。

仿佛又回到许多年以前。

而一切，都不再复返了，无论你以什么样的节奏和什么样的心情看待生活，无论它是散文、小说，还是诗。

在这个城市里，我是一个孤独的沉默者。

其实，又何尝是在这样一个城市？

孤独是一种血质，或许真的是与生俱来。

我不知道我要去向哪里，生命，总是充满着无限的可能性，在获得和放弃之间，成为这样，或者那样。

蜗居在城市的一角，一任心绪像灰色的云彩，飘来飘去，花开与花落，只在遥远的一点视线和意象里，那是无力的东西，而许许多多的人，都在这样的视线和意象里，寄托了全部的生活。

我有点想要离开了，当一个城市没有了依据。

让生命深处的洒脱延伸到无限遥远的地方。

夏老师走了，这彼此之间也有一些莫名的联系吗？她走的时候，或许并不知道会给如我一样似乎不十分相干的朋友留下无助的纪念。

无助，无泪，挥洒的空气中，已没有任何的痕迹，不想再回想这样伤感的故事，而在日复一日的潜藏中，心情会变得沉重。

想起吴志义诗里浓重的乡愁，过去无法想象在一个城市里待了大半辈子，何以还会对故土难以释怀，虽然今天，也不能如他那样地眷恋家乡,但却越来越能理解他的那种情怀了。

别再追究一切事物的根源,有些东西,已经成为既定的事实,虽然,我们通过努力仍然可以去逃离,仍然可以从一个城市,到另一个城市。

跟着浪尖走过之后,也会被翻卷到岸边。

用苏醒的双眼,去迎接一个清新的早晨。

仿佛新生。

而人的一生,会有多少次出生呢?总是攥着无法拨通的电话号码,从烦躁走向平静,走向它应有的结局。

我就待在这儿,哪也不去,让一切重新开始,对自己力所能及地拯救。

北京是个拥有几千万人口的城市,而这个城市里却如此寂寥,无论是它的上层还是底层,还是任何的一个位置,如此陌生。

我知道你还在这儿,除了眼泪,也并不再拥有别的,就像一个号码,或一个象征,虽然,愿意为之付出代价。

而这样的付出,又有什么样的意义呢?一切的召唤,都日渐模糊,终有一天,会随时间连同躯体一同湮灭,虽然,我知道你会用灵魂的影子去关照和纪念。

虽然,我仍然会倾注所有地去给予。

由此获得一点幸福。

有一种追逐,就像对阳光和水的追逐,不易察觉。

总之回忆会将你淹没。

空气中总是有着莫名、深切而又稀薄的联系。

那是一种寻找,无望的寻找,无法抵达却不会终止的寻找。

就像当你所能做的事情只有拒绝,而你依然不走。

美丽如此虚空,仿佛艰难的皈依。

愿意付出一切的代价,因为只有付出的艰难才渗透着幸福和光荣。

知道你就在这儿,在离我不远的地方。

总是要忍住泪水，忍住，不要哭泣。

感谢，生命中如此的陪伴，虚空而又真实的陪伴。

角落里的陪伴，尽头的陪伴。

阳光，展示了太多的色彩，每一种，都光艳无比，这就是支撑我自信地活着的原因，那是一个太过美好的过程，散发着耀眼的光彩。

想想现在，想想未来，有种锐不可当的感觉，只在此时此地的音乐里享受生活。

从不同的人和不同的事里，学习了很多，有助于自己走向更加的成熟，从而使自己变得更加宽广，这是一种令人快乐的感觉。

生活，无论是什么样的，总会给予我很多，使我日益丰富和壮大，从中不断地获得力量。

2005年6月30日

北京，我回来啦！

飞机落地的那一刻，脸上又露出了会心的微笑，禁不住发出一条短信："你好，北京！我回来啦！"

走在北京宽阔的马路上，看着两旁熟悉的楼房，嗅着初冬的夜晚那一丝清爽而又亲切的气息，心情是那么舒畅，禁不住暗自哼起了小曲。

确切地说，从确定回京的那一刻起，兴致就不由自主地变得高昂，脸上就总是带着微笑，心里就总是哼着小曲儿了——这是一种不易察觉的由内而外的情绪。不像头一天，一直嚷嚷着我想回北京我想回北京，而深圳的事情眼看着却在不断地增加，心中陡然增添一些抑郁和烦躁。

拖着行李回到我居住的小区，宝宝从奶奶家的阳台撩开窗帘向我招手，黑夜中隐隐地看到朦朦胧胧的一个小人儿朝我晃动着手臂，那一刻竟然令我十分地感动。放下行李，我就拿着在保安机场买的一个喜羊羊超大棒棒糖去找宝宝了。

这次出差任务繁重,从酒店到展会从展会到酒店,在深圳的几日几乎没有任何空闲,直到回京去机场的路上似乎才有了一点点时间和心情去看看眼前的这个城市,就更别说闲逛买东西了。

　　过完安检,CA3304次航班已经开始登机了,但我坚持请同行的朋友帮忙照看下行李,我用"两分钟"的时间去超市看看,给宝宝带一点东西——孩子是最容易满足的,一块糖果,一个发卡就足以给他们带来许多的欣喜。回想自己小的时候,爸爸从外面回来不也常常给我们带些小东西吗?温暖的记忆至今仍在——我们不要忽略这些生活的细节。

　　进了超市就看见这个超大个的棒棒糖,很有气氛。果然,宝宝很喜欢,怀着好奇一层层打开来,像松鼠收藏冬果一样地去摆弄,那一刻,我的脸上也绽放出了幸福的微笑。

　　　　　　2010年11月18日～20日,北京家中

你好，北京！

依旧挑选了一个靠窗的位置，远离他人，留给自己一个安静独处的空间。

当CA1410次航班飞离山城，不着边际地在夜色中翱翔的时候，望着黑乎乎的窗外，内心突然生发了一些想念，想念宝宝，也有些想念其他家人了。

虽然，其实我离开北京才刚刚一天。

下午6:30，在重庆江北机场接到宝宝的电话，说想我了，嘱咐我"要最早回来"的时候，我的内心就已经产生了想念，想念之中或许还夹杂着一丝爱莫能助的无奈，有些心疼，有些牵挂，又似有些不忍。昨天咪爸和我同时出差了，他去了济南，我去了重庆，今天等我回到家怎么也得10:30以后了，所以我在电话里嘱咐宝宝今天再在爷爷家睡一晚，并答应明天一早去看她。宝宝很乖。

然而从那一刻起，我的整个心思似乎都被占据了，一心只想早一点早一点地回来,"最早回来"。

两个半小时以后,当飞机飞临北京开始降落的时候,我的心情顿时变得舒畅,看着舷窗外璀璨的灯火和隐隐约约在马路上行驶着的车辆,顿时感觉好亲切,好温暖,你好,北京!

我回来了!

2010年1月14日

第二辑 **周边自驾**

野三坡怀想

心的夜幕又降临了,篝火在夜的远方次第亮起来,昏暗中照亮了我们的脸。不知道生命何时会从这里开始,不知道那欢腾和喧闹的背后,隐藏的是什么,小河还在缓缓地流淌。

隐隐地感到,生命的渴望。

在篝火燃起的沙滩上,背着筐卖柴火的山里人又出现了,在夜幕辽阔的视线里晃动,那里的天很蓝很蓝,村里的灯次第地亮了起来,在河的对岸,很好看。

火车也像流水一样,从村边经过,不知道能延续到多久以后,在这样一个繁星满天的夜晚,我静静地体会。

那年复一年、日复一日不曾改变的山村,似乎又成了我心灵的另一个地方,此时,篝火正在我的胸中缓缓燃烧,幻想着聆听小河的流淌,我感到如此安静。

我感到,有一种热爱。

那里的山和那里的水竟能成为如此不灭的记忆,缠绕着我，我不知道，这是为什么。

那只不过是一个不起眼的小山村。

幻想着再一次呼吸纯净的空气，放逐所有的心情，让我在无际的沉默中想象，让我被自然包围，让我在这样的地方释放灵魂，我不知道该流泪，还是该歌唱。

在记忆的朦胧的远方，我感到我热爱。

1997年8月20日

野三坡·拒马河

记忆中的拒马河从苟各庄哗哗地流过，曾经勾起我无限的回忆和向往，这个端午节小长假，我们决定重游野三坡，重温一下昔日小山村的诗意和浪漫。

我们的车行至三坡镇已近黄昏，路边的拒马河还在，但被大大小小的石坝人为地拦截成了许多段，局部望去看不见水流，与其说是河，不如说更像是湖。中间有游人在划竹筏，另一些游人在划定的区域里缓慢漂流，眼前的画面几近静止，禁不住想问：昔日那个欢快、灵动的拒马河哪里去了？

镇上盖满了楼房，上面挂着住宿餐饮的招牌，为的是招揽四方游客。行人、车辆、警察往来穿梭，显得有些嘈杂，此情此景，突然间有种疏离感浮上心头，这是十几年前的那个野三坡吗？

14年前我们到的，是野三坡的苟各庄，距此8公里。北京南站的火车载着我们一行人开到苟各庄已是黄昏，小山村已亮起了灯火，事先联系好的村里人家早早地在河滩上为我们准备好了篝火、野兔。夜色下，我们只需守着拒马河尽情地狂欢。或者，静静地依偎在爱人的身旁，看绚烂的烟花和满天的星斗……次日一早，憨厚淳朴的村里人牵着马，带我们蹚过拒马河，那时的河水流得很急，打在河里的石头上哗啦啦作响，马深一脚浅一脚地踩在河底的乱石上，在激流中趔趔趄趄地走着，惊险，刺激，印象深刻。

今天的三坡镇依然有火车驶过——如果不是火车的汽笛声划破长空，瞬间将我们的记忆带回到从前，眼前的这个小镇对我来说就是全然陌生的——那不是我记忆中的、苟各庄的野三坡。然而对于今日的苟各庄，我的心中也产生了些许的疑问：十多年过去，它是否也发生了一些变化呢？

由于事先未联系住处，三坡镇的很多客房已经住满，后来经一年轻清秀的女子引导，我们住在了河对岸的夏庄她的家里——女子是老板娘，她给拒马河畔自家的三层小院儿取了一个温暖的名字，叫"幸福地"。设施简陋，但还算整洁。

在"幸福地"安顿停当，女儿想去划竹筏，于是我们骑马来到拒马河边，与拒马河水亲密接触。出门前老板娘拿着图册可劲给我们介绍漂流，说竹筏已经过时，玩的人越来越少，但我想我们不是为了急于赶时髦，一叶竹筏漂在河上，对于女儿是份新鲜的体验，对于我们则是片刻的放松和休闲。

划完竹筏，一家三口沿河散步，女儿兴致勃勃地在小河边捞小鱼小虾，时不时地对着大山呼喊，随后侧耳聆听对面大山的回声，那是城市里没有的感受……等溜达到桥头的饭庄，肚子饿了就停下来吃饭，随心所欲，自在悠闲。拒马河边，难抵诱惑，我们点了烤羊腿，算是这晚的美餐。

第二天早上，老板娘送我们去漂流，路上我跟她聊起了记忆中的野三坡和拒马河，聊起了雨季的拒马河湍急的河水和昔日浪漫的记忆，她说："现在的水确实比以前小多了，必须得筑坝，不然更不流了。"

"这些年污染很厉害，以前没有开发旅游区的时候，村里人都是喝河里的水。现在不行了。"

在野三坡九龙洞漂流的起点，我们看到有块牌子，介绍拒马河发源于河北涞源，流经一省两市，沿途养育了几千万人口，终归大海。人与自然，人与水，原本相互依存，对于眼前的这条河流，顿时产生了一种敬畏感。

然而就要离开三坡镇的时候，我像是被什么牵引着，对于记忆中的苟各庄似乎依然多有惦记，放心不下，我想再去看看那个小山村——虽然我知道这是在冒着失望的危险——很多的美好印象都是在重返的刹那被修改的。

片刻的犹豫之后，我去了。

不出所料，昔日的村落大都变成了楼房，几乎辨认不出原来的模样，被石坝拦截了的拒马河不再一路欢歌，而是如三坡镇的河流一样，变得安静，拘谨，老态龙钟。河上架起了桥，桥上车辆行人川流不息，村民和游客都不需要骑马过河了，在我看来，也失去了当年的那一份自然的野趣。村子对面原始的河滩不见了，宽阔的河滩变成了坚硬的柏油路面，旁边竖牌，上写"禁止燃放烟花爆竹"，在大自然的鬼斧神工面前显得那么造作，警察在桥头巡逻，形同异类，也是昔日没有的景象……

然而，从村头不时跑过的驴车，从挎着篮筐卖柴火的山里人，从老友饭店的后窗看到的依山而建、层次分明的房屋和院落，从火车缓缓的咔嗒声和汽笛声由远而近，依然可以看到昔日苟各庄的影子，拒马河虽然已显得有些疲惫了，但它默默地养育了一代又一代人，有一些习俗，一些传统，被这些山里人代代相传，成为这一方水土的标识和符号，使邂逅它的人们再度归来，仍可于刹那间找到情感和心灵的归属。我们的确不能割裂传统，不能割裂历史，不能割裂被我们称作根的东西。

夜幕降临了，卖柴火的老人依然落寞地蹲在桥头，守着几筐劈好的柴火，却始终无人问津。吃饭的时候，我对先生一遍一遍地念叨："你看，都没有人买他的柴火。"将先生念叨烦了，他白我一眼，"那你就去买！"

终于有人买了，老人很开心，我们本来只要一筐，但老人背了两筐跟我们往河滩的方向走，我说："要一筐就行了。"老人说："我背着吧，如果够了我就拿回来。"

拒马河边,女儿围着篝火,欢蹦乱跳。帮我们点着了火,老人正要起身,我对老人说:"这一筐也搁下吧,省得您再背回去了。"

回京的路上,我们沿着拒马河经十八渡、十五渡到十渡,回想三天的行程从不曾离开过这条河流,而它在河北和北京人民的生命和记忆中也必定已经萦绕了太久。然而,等到了一渡的时候,却意外地发现河水已经枯竭了,我们的想象,恐怕也无法延伸到大海了……

2011年6月7日,北京家中

野三坡·白草畔

　　计划的行程里没有白草畔，只是在大山里看见路标的刹那才产生了去那里的念头。由于之前去过涞源的空中草原，头脑中一直萦绕着一个想法：白草畔的山头是否也会像空中草原那样一马平川呢？

　　被这种好奇心引诱着，一路来到白草畔。原来这是一座大山。由于山过于陡峭，上山的索道嘎吱嘎吱，十分缓慢，坐在上面回望，看着直上直下的山体有种触目惊心的感觉，我双手合十，闭上双目，嘴里念叨："我要拜山神，拜山神。"先生笑，但在我，那一刻却是有着发乎内心的虔诚。

　　这是我在野三坡第二次"拜山神"了。第一次是九龙洞漂流时穿越山洞的那一刻。想象着整座的山脉压在头顶，大自然有着那么多的不可知，顿时有了一种恐惧的感觉。山洞里幽暗、阴凉，这种恐惧我不敢说出口，但此情此景，自然地双手合十，默拜山神，并在心里祈祷着快点通过，快点通过吧……人在彻底不能自控的时候，祈祷是有益的。对大山，对容纳万物的大自然，的确应该保有一颗敬畏之心。

要登上白草畔顶需要坐两段索道，而在两段索道之间有一段步行的山路，山路很缓，不觉得累。而爬完了一小段陡坡刚觉得有点累的时候，就会看到挂在树上的温馨的提示牌和问候语："累了吧？猜会谜语吧……"猜中了谜语，就可以拿着门票到出口领取纪念品。

白草畔的提示牌做得非常人性化："朋友，别急，距解急处50米"，箭头一指，您就不着急了。"我们是良好的吸尘器……我们每公顷森林每年可吸收尘粒50～80吨，要倍加爱护我们呦！"既宣传了环保，又讲解了知识，还使眼前的树木森林在游客的头脑中有了活的生命和个性，给人耳目一新的感觉。

偶尔有树木弯下身来，挡着了山中的小道，它就会说话："我倒下是自然，您可别碰着，要小心哦。""我占路是自然，您别挤，窄，要礼让哦！"俏皮又可爱。

乘坐第二段索道，我们直达白草畔顶，白桦树上的提示牌又一次跳入眼帘："朋友，最美丽最健康的您来到了这里，只有我能给您新鲜纯净的空气，享受森林给您的快乐，希望您常来哦！"

四面望去，并未见到想象中如空中草原一样平坦的草畔景象，草还是白的，也没有看到山花盛开的烂漫景观。然而，我却爱极了这山上的白桦林,爱极了这不疾不徐的山中小道,和道边静静开放的乐杜鹃——是我自言自语地问"这是什么花"的时候,一位路人告诉我的,这叫乐杜鹃。而听女儿说,这位手中拿着白桦树树皮的阿姨说,她要在上面写诗。

只有这里的山,才配听到如此诗意的语言;只有这里的山,才配拥有如此浪漫的情调;只有这里的游客,才会拥有如此透明的心情。

白草畔整个地被森林覆盖着,在这里,人与自然得到了最贴切的融合,一草,一木,都释放出美好的信息和能量,使我想要去摸一摸,碰一碰,几近麻木的我,似乎从来也不曾与大自然的草木如此亲近过,热爱,是一种源自内心的冲动。

弯弯曲曲的山中小道随着小溪的走势一路铺下来,处处泉水淙淙,小鸟在林中歌唱,恩位说小鸟其实不是在歌唱(我认同),但那一刻,我听到的分明就是大自然上好的音乐。我真的有些流连忘返了,祈求那一刻的时光定格,或者无限地延续。

不得不说,我爱白草畔。它是我爬过的最美的一座山。

2011年2月8日,北京

兴城之旅

在绥中的第二天,孩子虽然忍不住下了水,但还是不温不火的多云天气——在海边,我更喜欢透亮透亮的晴朗天气。

于是下午离开绥中去了兴城,半道上天就晴了。

先去看了兴城古城。我发现自己喜欢看古城,对于丽江古城、大理古城、兴城古城,包括爨底下的四合院感觉都不错。当然,在这些古城当中,我最喜欢的还是丽江古城。丽江古城没有围墙,却自成一体,城内小桥流水,错落有致,别有一番韵味。

在兴城古城也花了不少时间,去了城隍庙、将军府,参观了周家老宅,还在城楼上逛了一逛,体验了一下兵临城下的感觉,感叹了一下历史的兴衰。兴城的古城不像丽江和大理有很多特色的民间手工艺品,店铺里陈列的大多是一些现代物品,像服装呀,游泳圈呀等等,最喜欢的是店里或路边摊上手工制作的小老虎,吉祥红火,很有气氛,忍不住买了一堆回来。

兴城的海还不错,人不多不少。我不喜欢人太少的海,人太少了没有感觉,显得过于冷清;也不喜欢人太多的海,人太多了觉得拥挤,不够舒展。像葫芦岛的海滨,人就太多,完全丧失了度假的意味和感觉,每个人可拥有的空间太过狭小,喘不过气来,而且海边遍是垃圾杂物,脏乱不堪,与其待在那儿,还不如回家休息。

从兴城去葫芦岛开车只用了十分钟的路程,到达葫芦岛后,在海边待了不到五分钟就从人堆里挤出来了,相比之下,还是兴城的海好。

喜欢兴城的海景房,可谓面朝大海,春暖花开。五栋木屋别墅"×""×""山""海""岛"在海边一字排开,极富情调。我们住在"海"字号里,里面电视、空调、卫生间一应俱全,而且视野开阔,感觉非常好。

基于过去在天津人工岛的记忆,以为半夜会被海浪吵醒,不料半夜1:30撩开窗帘向外望去,发现海水已经退去,不远处的夜色中露出山一样的轮廓,仔细再瞧,有手电的亮光,借着对面渔船码头的灯火,依稀看见近处和远处的两个人影,敢情是有人半夜赶海?待在窗边悄悄地看了一会儿,随之无了睡意。手电的光很强,时不时照过来,我赶紧放下窗帘,等光线过去,再掀开张望。

窗下还有两只流浪猫,在游人丢落的碎物里扒扒捡捡,嗅个不停。不一会儿，海边又多了一点光亮，明明灭灭，仔细一看，是个光着膀子的壮汉拿着烟头悠悠地往山影里走，不知他回头时能否看见我，于是将窗帘放下，又接着去睡了。

次日是个响晴的天气，看到这样的天气便觉得这个假期不虚此行。女儿在海边从来都是快乐的，小孩有着亲水的天性，无论是早上抓小鱼，上午游泳，找小螃蟹，还是下午玩沙子，都其乐无穷。此次的海边之行全是为了女儿，女儿开心了，我们便也满足了。

回到北京，爷爷透过车窗看到女儿的第一句话就是："晒成小黑包了。"呵呵，小孩玩得投入了是不会在意黑包不黑包的。喜欢我们的假期与阳光和海水亲密接触。

2009 年 7 月 29 日

那些地方

五月的坝上

去丰宁坝上的路几乎全是山路,车在山里绕久了,微微地会有憋闷的感觉,望着四周绵延不尽的群山和裹在山沟里稀稀落落的村落,开始想象世代生活在大山里会是一种什么样的感受,没有好的教育,没有好的医疗,出一趟山又是那么不易……

从大山里绕出来,在进入另一座大山之前,偶尔看见开阔些的平地和道路会有豁然开朗的感觉,心情也随之开阔了许多。道路两旁的白杨树刚刚吐出嫩芽,即使是下过雨的天气,那样的绿也是北京看不到的,干净、新鲜,充满生机。而且所有的树木都呈伞状,连成一片伸向远方,煞是好看,难怪出游前去过坝上的朋友会特别提到沿途的树。

而且那里的树变化多端,五分钟前也许还是满眼葱茏,五分钟后看到的就有可能是光秃秃的枝干了,再不多会儿就又变回了原来的绿。草也一样,随着海拔和气候的不同而不断变化。这使我们有点担心坝上的草是不是真的还没有发芽。

由于拿不准坝上的气候,来之前专门看过朋友早些年"五一"在坝上拍的照片,背后的山坡和草地一片枯黄,感觉不像草原,更像沙漠。知道夏天是去坝上的最好季节,但是夏天恐怕就没有这么长的假期了,考虑来考虑去,就权且当作休息,看到什么算什么吧,于是拉上另一个家庭搭伴前往了。但内心隐约还是期待着草原能够有些绿意的,因为此时的北京已是绿草如茵了。

下午,当车辆驶入一处山凹的时候,右侧的山峰之上始终是湛蓝的天空和大朵大朵的白云,呈现出城市所没有的极

好的透明度和能见度，而左侧的天则始终灰蒙蒙的似乎有点阴，同样的天空以行驶中的汽车为分界线出现了截然不同的两种景象，透过汽车的左右两扇窗比照了半天，拿出相机和摄像机，还是忍不住对准了右侧的天空和山峦。

接下来是一段崎岖陡峭的险峻山路，从车窗望过去，对面陡坡上的卡车是静止的，等走近了才知道它在异常小心地爬行，速度像蜗牛一样慢。回头望着走过的蜿蜒陡坡，确实有种后怕的感觉，于是不停地提醒司机小心。

在陡峭的山路上大约开了一刻钟，草原到了。两边和远处的山峦虽然舒缓了很多，沿着山峦出现了带状的草地，此时的草虽然也已经有些绿意了，比预想的要好，但比起想象中的草原，仿佛仍然有种意犹未尽的感觉，内心似乎还是怀着一份期待。然而从先生那求证（他在多年前曾来过），说这就是坝上草原了，心中顿时生出了一丝的失望。只不过为了不使大家扫兴，这种失望没有被我说出来。而朋友的妻子心直口快，刚刚找好住处安顿下来，就忍不住交流感受，说这儿的草原太让她失望了。说实话在踏上草原的一刹那，我和她的感觉是一样的，在我的想象中，草原不仅是绿草葱葱，而且是一望无际的，没有山峦，也没有任何的遮挡。

也许是坝上的草还没有绿的缘故，也许是对它事先怀有了太多太好的期待，同在北京周边，对坝上草原还不如对涞源空中草原的第一印象来得好。空中草原是在一座高山的山顶上陡然生出的一大片平坦的草地,大自然如此造化本已属奇观,再加上是在高山的山顶,所以依然会有无比开阔的感觉,若是骑马扬鞭飞奔至草原的边缘,还会体验到一览众山小的感受。

然而先生喜欢坝上,他喜欢这种有一搭没一搭的悠闲的感觉;同行的三个孩子喜欢坝上,骑完马到了住处,三个小家伙竟然迷上了一堆沙子,普通的沙子,但却给孩子们带来了无穷乐趣,孩子的快乐永远比大人来得简单。

同行的朋友说得好:"心中有美景,处处是美景。"我表示非常赞同,因为此时,在瞬间的失望之后,我对眼前的一切已经欣然接纳并适应了。

第二天,到附近一个俱乐部射了箭,滑了草,和彪悍的蒙古人照了相,内容还算丰富。然而要见到大片的草原,开阔的草原,想象中的草原,还需要继续北行,但我们还是决定按原计划经承德回京了,还是暂时将它留给未来,留给想象吧,不然怎么会有下一次的旅行呢?

2007年5月7日

白云古洞

白云古洞距丰宁满族自治县县城50公里，是我们来之前在网上查到的一个地方，去时是通过GPS导航指引，至于是否有意思心里没底。

当GPS导航结束，看见一座山横在眼前的时候，直观上并未觉得有什么特殊，从外观看，那只不过是极其普通的一座山而已，于是心里开始打鼓：没准又上当了。

然而既然来了，就往上爬爬看吧。起初的山路很平缓，走起来很舒服，当大家正夸赞时，山与山突然合拢了，开始出现狭小的窄道，有时候一座山斜着向另一座山压下来，两山之间只留下一条狭小的缝隙，游人须将身子斜过来或将头低下去才能从缝隙里挤过去。

越往里走，陡峭的石阶越多，而且多数只能容下一个人，为了游人的安全，石阶的一侧或两侧装有铁链，由于过于陡峭，孩子们在攀爬时常常弓着身子，两手扶地。

在两山之间穿过的一条近乎直立的狭小通道里爬着，里面一片黑暗，只能像盲人一样凭感觉踩着脚下的梯子，随游人摸索着向上攀爬，在那样的一个拥挤不堪的通道的中间，却有神位供奉，昏暗中亮着蜡烛，并有香火缭绕，在那个极为狭小的空间里，不时地有人跪拜祈福。

走了一弯又一弯的山路，看了一弯又一弯的奇特景致，我们开始打听白云古洞的来历。一位当地人告诉我们，这是一个古洞群，不远处就有二仙洞。顺着他手指的方向，在一座陡山的山头我们看到了一面旗帜，那就是二仙洞所在的位置。但他告诉我们接近洞口的路太陡。"像这个小孩儿根本没法上。"他指了指我女儿，说再往前走还有白云古洞和哈哈洞。

在一个水摊休息的时候，我和朋友以及她的两个孩子想去二仙洞看看，看接近洞口的那一段到底有多陡。

小心翼翼地走过一段极难走的野路，终于到了洞下，横在前面的一排木梯与地面呈90度角直上直下地从山上挂下来，而且木梯参差不齐，木条与木条之间有很大的跨度，没有足够的勇气和协调性是很难上去的，难怪村民说小孩根本没有办法爬。在那木梯之上，随着山的走势是更窄的一排铁梯，直上直下地夹在两山之间，随时都有可能倒下来的感觉，让人怀疑它能否承载一个成人的重量。上前看了看，摸了摸，拍了张照片留作纪念，便没敢再去冒险，然而不上去，是看不到二仙洞的。

随后去了哈哈洞。在白云古洞和哈哈洞的岔路口，由几个孩子引导着去了哈哈洞的方向，据说哈哈洞是山中最高最远的一个洞，路上没有遇到游人，脚下是密密麻麻的石阶，或险峻，或舒缓，两边是繁密的藤蔓，深山里的幽静不免使人产生了一丝的紧张，大约走了半个多小时，我们看到了一个半月状的洞口，据说从远处看洞口像两只哈哈笑的眼睛，由此而得名。洞内供奉着观音等神位，进香时看洞的农妇告诉我说，我是今天第四位上的香火很旺的人。还在洞内拜了药王，为父母取了圣水，所谓的圣水是哈哈洞旁一个小洞内滴出来的山泉水，一年365日不结冰。按照农妇的指引，请小女孩帮助接了一瓶水，在药王神位前上香祷告，以期保佑健康长寿。

哈哈洞是我们在白云古洞找到的唯一的古洞，但在找到洞的一刹那间，相机没电了，所以唯一看到的这个洞也没被拍下来。大概也是缘分使然。先生和朋友的妻子怕累半途而废，本想等我拍回来照片看个究竟，这下也没有机会了。

下山的途中又在水摊小憩，卖水的是父女俩，我们有一搭没一搭地和他们聊着，那个父亲面前的小桌上摆着卦签，兴之所至，我抽了一个签，老先生说此为上签，得诗一首：

　　一条金线称君心　　无增无减无重轻
　　为人平生心正直　　文章全具艺光照

此时已近下午5：00，山里的游人已经不多，我们决定继续下山。等再经过来时的那条肠状通道时，通道内有了一线亮光，洞口题有大字"赐福洞"，等有人从后面跟来的时候，洞内又是一片漆黑了。原来洞内只能容纳一人，由于空间狭小，一个人的身子就足够遮挡全部的光线了。洞内的神位和烛光还在，这次我走过去做了祈祷……

白云古洞，不期而遇却让我迷恋不已的山峦，这种迷恋也是冥冥中的缘分和注定吗？

2007年5月8日

避暑山庄

除著名的避暑山庄之外,来前对承德没有太多了解,去承德的途中,给老家在承德的朋友发短信问询是否有特别好玩的,朋友详细介绍了避暑山庄重点可看的部分和外八庙中有代表性的几个寺庙,着重推荐了避暑山庄的山区和宫殿区,以及外八庙中的小布达拉宫、行宫、大佛寺和圆亭子。

我们的游览从避暑山庄开始。

由于自知历史文化底蕴太薄,再加上一位导游女士的热情介绍,穷追不舍,我们索性在避暑山庄请这位女士做导游。

承德的文化与北京一脉相承,同属皇家文化,我们看了避暑山庄的宫殿区,又分别坐车游了山区和湖区。导游的讲解很流畅,但游完在脑海中也只是留下了大致印象,很多的知识又还给导游了。

"避暑山庄"四个大字是康熙的御笔,避暑山庄的"避"多了一横,据说康熙帝在题写这几个字的时候认为"避"中含有走字旁，有逃走的意思，不吉利，但若将走字旁去掉，便成复辟的"辟"，亦不吉利，因此在下面加了一横。又有说法说加上此笔是为了书法的美观。而导游的解释却是：康熙认为自己是来避暑而不是避难，因此加了一笔。事实似乎无从考究。

正门的一对铜狮子，说是摸摸狮子头，吃喝都不愁；摸摸狮子牙，不断往上爬（也有说法是金银财宝往家拿）；摸摸狮子手，能当一把手；摸摸狮子腚，一辈子不生病。所以狮子的这些部位已被游人摸得锃亮了，以图吉利。

从避暑山庄的北墙看到的小布达拉宫点缀在青山绿树间，大致看去和布达拉宫确有几分相像。而湖区的烟雨楼，是电视剧《还珠格格》中小燕子飞上飞下的地方，昔日的纷繁早已不在，留下一块石头，上书"烟雨楼"。热河，据说是世界上最短的一条河，由于上游有温泉，四季不结冰，而眼下，孩子们快乐地玩着水，欢声笑语一片。

2007年5月12日

鸡鸣驿

APEC放假,这假来得有点突然,飘飘然有种难以置信之感,但又给北京的老百姓平添了许多欣喜。我们决定从六天的假期中抽出三天自驾旅行。

每一次做旅行规划对我来说都是幸福的事,从查找资料选定目标,到浏览网上攻略,再到做出适合自己的个性化路书,内心始终都充满了欢喜和期待。经与咪爸商量,对路书做了几次精心修改和调整之后,最终确定了我们的河北、山西之旅。第一站:鸡鸣驿。

鸡鸣驿位于河北张家口鸡鸣山脚下的鸡鸣驿村,它原本是一个古驿站,据说还是迄今为止保存最为完整的一个古驿站。网上攻略中多次有人提到电视剧《大话西游》在此拍摄,可见文化艺术行为对于增加一地的知名度功不可没。那么,今日的驿站是一副怎样的模样?又有哪些昔日的光景可以追寻呢?我们决定奔赴那里,一睹究竟。

这天天气格外好,"APEC蓝"从北京一直延续到了河北,车行驶在京包高速、京新高速、京藏高速,两边不时有山峦掠过,初冬的季节虽已不见绿色,但在阳光的照耀下依然生机勃勃。车内放着强劲的音乐,闲适中透着激动,而我们的心情早已放飞于山野之外。车大约开了一个多小时,抬眼窗外,忽然看见湛蓝的天空上一大片白云笼罩在山头,远远望去像雪,甚至有点富士山的感觉,我和咪宝争相拍照。

而不多会儿,眼前出现了城墙,四四方方围成一圈,上有城楼,高大威武。没错,这就是鸡鸣驿。

买票进得城内,看到的却是一片破败的景象。低矮的房屋,狭窄的小路,土坯的院墙,和偏远的农村似无二致,更与高高的城墙形成了鲜明对比。是一个小村落,却没有看到太多的人烟,内心未免有些失望:这里真的会给予我们新的发现和新的体验吗?

虽濒临北京,但我知道河北的发展并没有想象的迅猛,尤其是河北的农村,很多被列为扶贫的对象,几十年来几乎没有变化。所以来之前我们事先做好了准备,将咪宝穿小了的衣服打包带上,酌情给予需要的人。当一个村民向我们走来问是否需要导游时,我说我带了几包小孩儿穿着小的衣服,问是否有需要,村民说"好",并指了指身后的几间房子说:"这就是幼儿园,今天不上课,等明天他们来了给一些相对较穷的孩子。"我回到车那儿将后备箱的几包衣服拿出来交给了他。

但这么一个小小的地方，请导游我们觉得就没有必要了，况且我们计划在鸡鸣驿停留的时间并不长，不如先登上城墙，看看村子的全貌。

城墙平整宽阔，鲜有游人，我和咪宝禁不住在上面跑起步来。但这显然已不是古驿站的古城墙，绕城半圈，连古城墙的蛛丝马迹也未看到，城墙不失庄严规整，但却显然少了历史的真实感和沧桑感，我难以相信，昔日的驿站就是这番模样。

为保护古村落奔走呼号的作家冯骥才先生曾经思考说，旅游开发如果不当，可能对古村落造成二次破坏。尊重历史，不夸大其词，面对现实，不盲目跟风，恐怕才是行政和文化官员应该采取的正确态度吧。昔日的城墙又是一番怎样的模样？当城墙不在之时，是否还有历史的案卷可供查考和凭依？在文化馆，在县志的记载，在发黄的故纸堆里，昔日驿站的风貌是否真的还有迹可循？历史文化的传承，是一件无利可图、不起眼的工作，却是意义重大之举。

城墙上很安静，居高临下，无论看蓝天，看村落，看山峦，都有了不一样的视角，有了一种超然的感觉。俯瞰全村，看到一些人家在院子里晾晒着衣物，屯着金灿灿的玉米，或拴着牲口，方才看到了一点生机。再往前走，看到全村的中央有一条相对宽阔的大道，大概是村子的中心，街道两旁的房屋相对于外围的住家也气派了一些。我们从这里走下城墙，进到村里。

从大街随机地走入小巷，不时地见有财神庙、龙王庙、古代跑马送信的军机大臣歇脚的院落等等，在这些景点的巷口有村民守候检票，有游人路过就将他们票面上的景点撕下，没有游人就在街口晒太阳。

庙内有供奉有香火有壁画，香火随喜自取，壁画没有修复的痕迹，倒是自然朴实。一些古院落的老房子则在拆除重建，大概是为了迎来更多的游人，彼时彼地我禁不住想，在这一拆一建之中，又有多少历史的真实了无痕迹了呢？

2014年11月12日，北京家中

蔚 县

离开鸡鸣驿驱车去蔚县。

蔚县是一个古城,过去叫蔚州,明洪武十年改土城为砖城,东、西、南各开一门。进得城内,零星见有一些庙宇等古建散落在民居间,给小城增添了些许古旧气息,按照网上的攻略我们先到玉皇阁,玉皇阁建在北城垣,与东、西、南三城门对峙,有前后两进院落,琉璃瓦当,构造讲究,颇具气势。

未见有游人参观,只见门前冷落,等进到第二个院落,空空的院子里出来一个穿着朴素、村妇模样的人,告诉我们买票参观,十元一张。

从侧门出来,看到了开阔的城墙。

城墙建得很规整,很壮观,一看就是后人重建的,但较之于众多已被毁掉、无迹可寻的城墙,有,聊胜于无,至少它在提醒着人们这里曾经是什么,发生了什么,那是这一方人延续的根源。而重建的城墙只有一段,不远处仍能看见黄色的土墙,沧桑破败,似乎更能展示历史的原貌,更能找到一点古旧的情怀,将人们的思绪带到彼时,彼地。

最早接触蔚县缘于蔚县的剪纸。一日在中关村步行街家乐福超市附近看到一些漂亮的剪纸,明丽的色彩,拙朴的图案,与传统常见的剪纸有着明显的不同,一下就吸引了我,于是怀着欣喜驻足欣赏,拿起一个装裱在小相框里的小老虎图案,爱不释手,一边端详一边念叨:"蔚县剪纸。"这时旁边售卖剪纸的女士听见了,带着笑意用柔和的声音纠正我:"是蔚(yù)县。"我才知道这个蔚蓝的"蔚"字在这里不读wèi,读yù。而蔚县剪纸,却给我留下了十分深刻的印象。

此次的蔚县之行,也是由于被这份印象牵引——我想去看看蔚县的剪纸。

从玉皇阁出来,我们本打算去找蔚县博物馆,据说那里有剪纸,但走到街上,到了一个街道的拐角,突然看到一家小店,上书:蔚县剪纸苑。我们决定进去看看。

店面不大,但琳琅满目,货架上摆的,绝大多数是彩色剪纸,少数为单色,有人物,有生肖,有脸谱,有戏剧皮影,色彩艳丽但不俗套,造型可爱但不粗糙,浓烈的色调展示了人们对于生活,对于生命,对于家园、土地和生灵的无限热爱,以及内心对于吉祥和幸福的美好追求,画面布满了阳光,充满了民俗风情和自然人文情趣。国画常见的梅兰竹菊也被移植到了艺人的剪刀下，在另一种艺术形式下，一经刻画，很有味道。

我被店里的一组十二生肖图吸引，一个个生动的形象刹那间跳出了头脑中传统单色剪纸单一、呆板的印象，活灵活现地呈现于眼前，个个惹人喜爱。我将不同规格尺寸的剪纸册、书签一本一本、一打一打地拿在手里，并一一买下，才肯离去。临行我问剪纸店的小伙子蔚县博物馆在哪，我要去看剪纸。小伙子说：博物馆没有剪纸，你去南张庄村，那是个剪纸村，并说离这很近，过了南面的那条大路就是了。"卖吗？""卖。"

于是驱车奔南张庄村。当行至一条街，看到两边全是大大小小的剪纸店，想必这就是南张庄村，就是小张庄村的剪纸一条街了。下车一问，果然是。"世界剪纸看中国，中国剪纸看蔚县"，而南张庄村，又是蔚县剪纸的发祥地，被称为"中国剪纸第一村"。

进到一家"剪纸侯"的店里，看到狭长但开阔的店面里摆了各式各样的剪纸作品，有巨制，也有小幅，大到条屏，小到书签，应有尽有。剪纸作品，作为美术的一种，我想最重要的还是作品的创意和设计，是凸显艺术含量的那个部分。我在眼前的长桌上搜寻着，忽然发现一组牧牛图，骑在牛背上的牧童或头顶荷叶吹着牧笛，或躺在牛背上跷着脚丫，或驱赶着老牛快快回家，都充满了童真童趣，头脑中即刻响起了歌声：走在乡间的小路上，暮归的老牛是我同伴，蓝天配朵夕阳在胸膛，缤纷的云彩是晚霞的衣裳……喔喔喔喔喔他们唱，还有一支短笛隐约在吹响……"愉快地买下。

不是说南张庄村家家户户做剪纸吗？这剪纸是怎么做出来的呢？我很好奇，问卖店里的小姑娘我能不能看看这剪纸是怎么做出来的？小姑娘说："那你上二楼吧，二楼是工作室。"顺着小姑娘指的方向我们上到二楼。

由于是中午，大部分工作台是空着的，桌子上摆着一些半成品和小样，少数几个工作人员拿着刻刀或毛笔在工作。

原来蔚县剪纸是刻出来的，阴刻为主，阳刻为辅，刻好了点彩、染色。而且也不像我们想象的在黑暗小作坊里炮制出来，而更像是一条流水线，人工制作的流水线，工作台分两排，一排负责刻，一排负责染。正在雕刻的两个小姑娘并未因为我们的到来而分心，拿着雕刀在台灯下小心翼翼地刻着，同时也不耽误回答我的问题。我问其中一位剪纸制作的大致工序，她说首先当然是美术创意，要先由画家画出来，然后再由高级的雕刻工刻出模子，交由一般雕刻工去雕刻，接下来才是染。不出所料，最有价值、最核心的那个工种——美术设计，在看不见的最暗处。而高级刻工，或者说高级技工也是不容忽视的，一个好的艺术作品的呈现是这几个方面的完美结合。我问刻一幅作品需要多长时间，她说大约一天。这时候我就想，全人工啊！单纯刻出来就需要一天的时间，那一元或两元一张的书签、十元或十五元一本的生肖册真是便宜呀。

负责染的姑娘告诉我们，他们村家家户户都做剪纸，问她是什么时候学的，她说从小就会了。剪纸艺术在这里早已是家常便饭，融入日常生活和生命血脉了。而艺术，终归无法脱离生活，随着社会的发展和演进，一些新的内容和元素也被自然而然地注入剪纸之中。我看到这位姑娘背后的那面墙上贴着一幅很大的圣诞老人剪纸图，红帽子大口袋，慈眉善目，一样地招人喜爱，一样地唤起心中的美感与暖意。据说蔚县剪纸被列入国家级非物质文化遗产受到保护，而这民间艺术的活标本，真该好好保护、传播和发扬。

在另一家店，店主人看我只是浏览，似无要买的意思，又将我分别带到店的二楼和地下室，没想到看似狭小的空间里，却实际容纳了那么多的东西，各式各样的剪纸作品，甚为壮观。

而在离蔚县县城不远的暖泉镇，我看到一家住户的门前拉了很多的剪纸条幅，打远一看吉祥红火，待走近了，发现这家门前贴着红双喜，原来是结婚。细看门前覆盖了马路的壮观条幅，原来也是红双喜剪纸！那情那景，很富感染力，有种由衷的祝福和暖意升腾于心间，彼时彼地，我也再一次体会到，剪纸之于蔚县，已是自然融入、不可分割的一部分。

2014年11月22日，北京家中

大同古城

大同，是此次我们河北山西之旅的主要目的地，来大同主要原因有三：一是我还从未到过山西，祖国的版图上，我有5个省、市、自治区至今还没有去过，山西是其中之一；二是为了云冈石窟，以前听说云冈石窟作为祖国宝贵的文化遗产，受保护、管理、气候等因素制约，随着时间，在日复一日地损耗着，再过多少年，不知道还能不能看到，总之是要尽早去看；三是大同距北京不远，自驾能够到达。

到达大同已是晚上，街上已是霓虹闪烁，我们入住的美晶大酒店旁边，是一座颇具规模的城池，看上去颇具古韵，这就是大同的古城么？

然而次日退房时，服务员小姐却告诉我这不是古城，是东小城，是地产商伪造古城的模样在这里做的商业运作，并顺手一指告诉我古城在那边。

大同古城并不在我们游览的计划内，而当我们离开酒店去云冈石窟的路上，看到不远处那么一大片城池，却还是勾起了我的好奇心。灰色的城墙高大庄严，绵延之长、规模之大不亚于古城西安，城墙之上密集着许多城楼，一两百米一个，比西安的城楼挨得还近，城墙之下不时地看到城门，有开有闭，车开了好久还未开出这片灰色的城，这是一座怎样的城池？那里面都有一些什么？城墙之上又记载了什么？我们决定进去看看。

进得城门靠边停车，发现眼前清一色的古色古香，古铜色的老房子，有茶室，有卖佛具用品的，也有研究周易八卦的。近距离看城墙，似乎又高大气派了很多，灰色之中，透着一丝肃穆。

自一个牌坊往里走，是一条古街，两边散布着古民居，上有牌匾，什么轩，什么府，不一而同，还有一家的牌匾上书"状元第"，一种文化气息扑面而来。街上人不多，也许不是节假日的缘故。大部分的房门都是关着的，见有一家开着，由一条长廊导引过去，我们试探着走了进去。

里边是两进院落，一进"时雨"，一进"紫气"，方方正正的四合院，特别幽静，而正房和侧房又各有门匾，风调雨顺、福禄平安之类，尽是吉祥之语，身置其中，感觉祥和温暖。从其中的一两间房子里偶尔传出动静，但也不似这里的主人。刹那间我们明白了，原来今天这房子已被用作了客栈，而沿街的一个个院落，也大多是客栈，供游人歇脚、怀古并体会大同文化和古风古韵的。彼时我想：我们怎么不住到这里来呢？比起现代化酒店，这里更能感受到大同的气息。

再往里走是大同的文庙，供奉我的家乡孔老夫子的庙，偶然邂逅，顿生欢喜。眼前一扇大门，门上三个大字有两个谁也认不准，买门票的时候我问了售票的工作人员，得知这是"棂星门"，而文庙所在、我们所站的这条古街是大同古城府学门街。据说大同文庙曾是北魏的中书学，辽代的国子监，金代的太学，均是当时国家的最高学府。而对于眼前的文庙，当地的老百姓则对我们说：这里是学堂。

而对于学堂，亦同样感到亲切——我们一生中最美的时光就是在学堂度过的啊。

从学堂到藏书楼，彼时的气场温文尔雅，是种极为接近、极为舒适的感觉。不管在哪，见了文庙总是会进去，不知道这其中有着怎样的维系，但彼时彼地常常让我感到亲切无比，恭敬无比。

殿堂内有壁画，大概是教育广大学子知书达礼吧，今天，更多地提醒和警示人们：莫忘传统。进到后院有一牌匾"斯文在兹"，我很喜欢，不知自己能否算作一介文人，但对于人文，对于"斯文"，却有发自内心的倾向与好感。"斯文"，是一种文化，一种韵味，一种内涵，一种气质，也是一条线索，一种传承，于无声处推动人类的进步和文明。

出得后门，仍是一条古街。说是古街，更像是彼时日常的生活构制,深宅大院,颇具内涵。由于还要赶去云冈石窟,我们已无暇仔细揣摩和探访,又简单转了一圈对面的关帝庙,就离开了这里。

意外的发现,却给我带来无限的欣喜。

2014年11月23日,北京家中

云冈石窟

虽非节假日,但却是周末,再加上云冈石窟举世闻名,所以这天到访云冈石窟的人看上去并不少,近处的停车场已经停得满满当当,我们不得不继续前行,将车停在很远的地方。

云冈石窟位于大同市城西16公里的武州山南麓,是佛教自印度传入中国后于北魏繁盛时期建造,那时的大同叫平城,是北魏的首都,石窟依山开凿,东西绵延一公里,现存大小窟龛254个,主要洞窟45座,造像51000余尊,是中国佛教艺术的巅峰之作,代表了5世纪世界雕刻艺术的最高水平。

然而只有身临其境,才能感受到工程的震撼以及权力和信仰的力量。

我们从第一窟开始顺次参观,看到大大小小的洞窟里凿有大大小小的佛像,想到在这大山之上,先要作出布局构思,接着要将山体掏空,然后还要借助天然的石材雕刻出不同的形象和神态，感觉真是不可思议。千百年来，这些佛祖大尊依然神态安详地看着世人，看着游人，其中也有很多佛像留有被风化或人为破坏的痕迹，有的已经面目全非了，有的像是被人整体抠下，已不见了踪影，有的受风雨侵蚀，只在墙上留下模糊的轮廓，依稀还能辨认出这里曾经有过一尊佛像，残缺不全的就更是不计其数了。四壁也都是密密麻麻的佛像，雕刻精巧，颇具规模。

在第5窟，我们看到主尊释迦牟尼佛像高达17米，昏暗的洞窟里，这位佛祖于正中结跏趺坐，慈悲但庄严，驻足仰视，内心顿时产生出对宗教莫名的敬畏感，同时感到十分的震撼，于厚实的山体中雕出17米的佛像，彼时的工匠是怎样的一双巧手呢？再看佛祖，在工匠的刻刀下，依旧的慈眉善目，没有一丝的焦躁，阿弥陀佛！

最为震撼的还是云冈石窟最早的五个石窟，第16至第20窟。云冈石窟用时60年的开凿大致可分为三个阶段，最早的五窟是在文成帝的支持下，高僧昙曜的主持下，动用了万人的力量、集聚了全国的优秀人才，包括僧徒、吏民、工匠和造像高手等于公元465年完成的，据说当时的狮子国、斯里兰卡的僧侣也曾不远万里前来援助，这五个窟被称为"昙曜五窟"，是云冈石窟最为有名的五窟，也是云冈石窟动用皇家的力量大规模开凿的发端。高僧昙曜的雕像就立于云冈石窟景区的大门入口处。而彼时北魏对于佛教的信仰也出现了鼎盛局面，云冈石窟与周边百余座寺庙遥相呼应，使北魏的首都大同，彼时叫平城，于香火缭绕之中洋溢着神秘的佛国气息。

昙曜五窟的主要造像为三世佛，佛像高大，高眉深目，是中西文化融合的典范。而高13.7米的"露天大佛"迎着阳光，坦然盘坐，看上去更加地温暖和舒展。远远瞧去，不经意间与旁边稍小些的佛像眼神相遇，发现其目光里竟然流露着一丝妩媚。佛与人，人与佛，到底有着几分的相通和相像呢？在这些大大小小的神窟和佛像里，到底容纳和寄托了人们多少的心愿和神往呢？愿这里的诸位菩萨佛祖，真的能够保佑这一方水土，真的能够护佑往来的众生吧。

天格外蓝，没有一丝云彩，简洁的背景下，将眼前的武州山衬托得更加突出。

在露天大佛的前面，我们看到一位五十来岁的先生在画画，对着佛像，对着蓝天，平心静气，将油彩一笔笔涂到画布上，画面上的天跟实际的一样蓝，画面上的石窟和佛像比实际的更加进了感情。那一刻我感受到：静心作画是多么幸福的一件事。

经聊天，知道这位先生是大同人，他画画，画石窟，完全是出于个人喜好，他说他不是老师，不是画家，但他同时又说，正是因为他不是老师，不是画家，他才能如此快乐如此热衷地画画。我理解，那是出于内在由衷的热爱。我禁不住想，画布上的石窟和眼前的石窟，哪一个会得以更久远地存在呢?

在云冈石窟博物馆播放的纪录片中我们看到,50年前周恩来总理带外国友人参观云冈石窟拍摄的画面中,许多佛像还都是彩色的,而今天,那些色彩大多已经褪尽,而这中间才经历了短短的50年啊!世界文化遗产,旷世的奇观,美好的创造,所有的所有,对于漫长的时空,都将是昙花一现,在遥远的未来,也都将会烟消云散。而世人又何必执着呢?

第二时期的开凿是文成帝死后至孝文帝期间,石窟的雕凿进入鼎盛期,内容和形式都渐趋丰富,直至公元494年孝文帝迁都洛阳,工程停止。今天,在个别平滑的山体上,还能看到被画出的矩形图案,那是否就是一个个尚未开始就突然停工了的计划呢?

而北魏迁都洛阳后,就进入云冈石窟的第三个阶段,这个阶段的石窟是平城的地主官僚、善男信女或市民百姓按照自己的兴趣和意愿开凿的,较之于官方的巨制,规模虽然小了很多,但依然清新典雅,富有个性,与昙曜五窟浑厚、纯朴的西域情调和迁都前复杂多变、富丽堂皇的太和格调共同构成云冈石窟绚丽多彩的艺术特色。

到得云冈,不虚此行。

2014年11月24日,北京

悬空寺

离开云冈石窟，开车大约一个半小时赶到悬空寺。位于北岳恒山绝壁之上的悬空寺远远望去给人一种奇绝的印象，寺庙贴崖而建，规模未见多大，依势就形高低起伏，深棕色庙顶和暗红色庙墙与山岩的色调自然融合，像是镶嵌在山体中，又像是悬挂在峭壁上，险峻，但又不失和谐与庄重。

悬空寺上不着巅，下不着麓，眼前的金龙峡流淌着不息的恒水，据说到了雨季，河谷南端各条沟峪的流水全部汇集于此，呈惊涛骇浪之势，而寺的对面和四周亦是空谷大山，置身此地，顿有空灵缥缈之感，僧儒道家修行并建寺观于此，当是绝无仅有的上佳选择吧？远离尘埃，遗世独立，不染凡俗，专注自性空性，以欢喜心、平静心迎接日升日落，四季轮回。那的确是不同人生的不同境界。在寺的下面，是题有"壮观"二字的一块巨石，据说这是诗仙李白到此一游时的即兴手书，而徐霞客则赞叹其为"天下巨观"。

悬空寺又名"悬空阁""玄空寺"，大概是取了道家之玄，佛家之空的含义。寺的入口处有提示：进寺需排队两小时。但既然来了，时间再长也是要排的。

后来知道，预计两小时的排队时间并不全是因为游人众多，最主要的原因是寺庙狭窄的通道和走廊只能容得下一人通过，游人只能一拨拨分批被放进去。

而寺庙的廊道如想象的一样逼仄，游人只能排着队一个一个地通过，随着游览的队伍，从一楼，钻过不时洞开的只能容纳一人的楼梯上到二楼和三楼，所过之处，不容停留。在两座庙宇之间的崖壁上，看到明朝郑洛的题诗：

> 石壁何年结梵宫？
> 悬崖细路小溪通。
> 山川缭绕苍冥外，
> 殿宇参差碧落中。
> 残月淡烟窥色相，
> 疏风幽籁动禅空。
> 停车欲向山僧问，
> 安得山僧是远公。

上到二楼，想到脚下的地板其实就是悬在空中，心里有种不踏实之感，生怕游人过多不能承重。而在经过自下伸出、绕过二楼支撑着三楼走廊的一根木柱子时，先生说："你看，这根柱子是摇晃的。"我定睛一看，这根并不粗的砖红色柱子，在半空中不停地颤抖，再望向下面，是陡峭的悬崖，那一刻我的腿也几乎要打战了，于是不自觉地向走廊的内侧靠了靠，并提醒咪宝尽量靠里边走，心想越靠近内侧应该会越安全一点吧。

透过昏暗的窗口望向内侧的庙堂，看到的是十分狭小的空间，幽暗的光线中供奉着大大小小的神像。有一个佛堂门半掩着，从门的缝隙瞧进去，看到堆放着僧人的物品被褥，

大概也只有几平方米的空间，于绝壁之上，这点空间大概已属极为难得。而自始至终，却未见到僧道的影踪。

自从这片清静之地被游人剥夺之后，僧侣高人是否已无法于此立足了呢？而由于庙堂狭小，通过拥挤，游人行进在某种既定的秩序中亦无法供奉香火，有些人只是隔窗投进一些碎钱进行功德布施。

在最为著名的三教殿，我们看到释迦牟尼、老子、孔子三教祖师同处一室，出现了他处不曾见到的景观。恒山是一座道教名山，但在悬空寺却出现了三教合一的局面，全寺主要殿堂17处，其中佛教11处，道教5处，三教合一的1处，就是眼前的三教堂，儒释道三家在此和平相处，给宗教信仰开创了一片自由融洽的天地。

在悬空寺晃晃悠悠的地板上战战兢兢地走进走出，前后用时不到15分钟，而留下来的记忆却是如此深刻。

2014年11月25日，北京

大山里看星星

离开悬空寺已是黄昏，空旷的田野在美丽夕阳的映照下，显示出一派安详，然而我却没有时间去到计划内的应县了，当晚我们要住到五台山。

虽然还不算太晚，但穿过一个又一个昏暗的隧道之后，全程几乎都是崎岖的山路，不知道这是什么山，也看不见山的丝毫面目，从车窗望出去，四周是全然的漆黑一片，前后无人，整个的大山里似乎只有我们这一辆车在行驶。我屏住呼吸，感受着这不同寻常的气氛，空气似乎都是安静的，那一刻内心微微地有一点紧张和不安。我提醒咪爸山路上小心开车，同时目不转睛地看着空荡荡的前方。

就这样不停地开，不停地开，依然是一圈又一圈，一绕又一绕的山间小道。又开了一会儿，看见前方的路边似有人影晃动，走近了发现是一个装备齐全、骑行在路上的年轻人，我们瞬间超越了他。接下来又是一弯一绕无休无止的行驶。

在黑暗中大约开了两个多小时，看到路的旁边出现了一小块空地，咪爸驶离山道停在了那里。"你要干吗？""看星星。"哇，从天窗抬眼望去，头顶上真的是繁星闪烁！待从车中下来仔细端详，竟然意外地发现了银河，在污染的都市里，已经有多少年没有见到过银河了啊？儿时的夜空就是繁星闪烁的夜空，儿时的夜空，就是镶嵌着美丽银河的夜空啊。而今天，我们的孩子竟从来没有见到过如此美丽的夜空，从来没有见到过银河。彼时的景象让咪宝惊呆了，她竟欢呼雀跃起来，大声地喊着：爸爸爸爸，真是太美了！

是啊，这意外邂逅的天空，仿佛亦于刹那间将我带回到了童年，让我想起天上的那一个个的星座，以及姥姥讲给我的关于那些星座的一个个迷人的故事。今天，在我们居住的都市里，那些星星都哪里去了？那银河哪里去了？那迷人的故事连同讲故事的老人又哪里去了呢？而这一切，让我怀念至今。

咪爸说我们的车开到这已经是在山顶了，而置身山顶之上，四周更是出奇地漆黑和寂静，这黑暗和寂静如此近地包围着我，一种紧张和不安再一次袭来，比之前更强烈，脱离了人群，是我已经不习惯这样的孤单和寂静了吗？咪爸和咪宝兴致正浓地欣赏夜空，还支上三脚架将相机对准天空，我则不停地环顾着四周，不知道黑暗中会出现什么，嘴里便开始催促那两位快走。

那爷俩显然还没有尽兴,不愿离开,初冬山间的空气中有着一种清冷的气息,清冷,但也清爽,此时的夜空如此浩瀚,一览无遗,是啊,我们是多么舍不得这片美丽的天空啊……

但我们还是赶路了,那清新的空气和美丽的星空早已不再属于我们,我们亦无法将它复制到我们所居住的城市,当今的城市就是一个个具足了惯性的机器,在疯狂的运转中似乎已经无法再停下来,最终它会把人类带往何方呢?似乎谁也说不清楚。

胡思乱想的工夫,五台山到了。

2014 年 11 月 26 日,北京

五台山

五台山位于山西省忻州市五台县境内,与浙江普陀山、安徽九华山、四川峨眉山并称中国四大佛教名山,五台山位于之首。

头一天在宾馆看五台山的旅游地图,就给了我们不小的震撼:怎么可以有这么多的寺庙啊?整个山上密密麻麻,大大小小不下百座,那么我们应该从哪开始、又怎么能够拜得过来呢?

我们拜的第一处是文殊菩萨,五台山是文殊菩萨的道场,香火长年不断。而这里的寺庙如地图上一样鳞次栉比,甚至比地图上的更为繁多,一座紧挨一座,出了这座庙的后门,就是另一座庙的前门,这些庙宇顺着山势横向铺开,也不像我们想象得需要纵向爬山。

就这样一座座地经过了万佛阁、五爷庙、显通寺等等叫得出叫不出名字的寺庙,拜了佛,转了塔,咪宝还喂了寺庙里的鸽子。

寺庙里不时地有僧人走动、念经或撞钟，钟声响彻山谷，余音悠长，仿佛深入到时光的深处。

登高远望，无数座寺庙映入眼帘，佛殿、院墙尽收眼底，烟雾缭绕，梵音轻唱，超凡脱俗，不染世事。

到得显通寺已是中午，进完香拜完佛，一家三口下山吃午饭。在山脚下一家店里，中年的店主告诉我们，过去五台山曾经有过300多座庙宇，经过诸多波折之后，保留下来的已经不多，但依然还有108座……是的，呈现于眼前的景象已是十分震撼。

在山脚下的一个饭馆吃完午饭，结束了愉快的APEC河北山西之旅，一家三口打道回府，踏上回京的行程……

2014年11月28日，北京

开封印象

当我们的车驶入开封市区,已经将近下午两点了,当务之急是吃饭。来了开封当然要吃开封菜,然而在开封人生地不熟,事先也未做足功课,真不知道到哪去找,于是打114请其推荐一家正宗开封菜馆,114给了我一家叫豫什么园的电话,等我打过去,对方说他们两点就没饭了。据说很多饭馆都这样。妹妹说不行就吃麦当劳或肯德基吧,我不能接受,还嘲笑了她一番。

这时看见一家叫一品楼的"汴梁名吃",我说:"要不行就这儿先凑合,晚上再好好吃吧。"顺便停车问了一下路边站着的妇女:"开封的饭馆是不是两点就关门呀?"妇女指着一品楼:"你去这儿,这儿开门。"接着就递给我一张名片,一路跟着我,问我吃完饭准备去哪玩呀之类的,原来她要做生意。不过我还是很感谢她热心地将我们带进饭馆,在乱哄哄的人堆里帮我们找座位。

费尽周折找好座位坐下来，服务员来了，刚要翻菜单，就听到她一副强硬的口气："不能零点了！只能吃600块的套餐！"心里先是一个不舒服，"为什么呀？"服务员板着脸："这是店里的规定！"再看那些"套餐"，分360、400、600几个档次，里面就是一些大众菜，除了小笼包，也没见什么"汴梁名吃"，就知道上当了。

"为什么必须是600呀？360的、400的就不行，顾客还没法选择是吗？"

"不行！"这时她不耐烦了，开始催促，"你们吃不吃？要不吃就让座……"

我们也生气了，"哪有你们这样的啊？真是太差了！"

这时一个领班模样的女人过来："你们点吧。"也没说什么"必须套餐"，"必须600"，而那一刻开封已在我们的头脑中留下了非常不佳的印象，"这是什么鬼地方呀？"对开封的所有兴致在那一刻全部打消了。

接下来我们开始七嘴八舌地评论，对这里的民风感觉真的不敢恭维。而几乎是在同时，大家不由得联想到往日愉快的山东之行。在山东，无论在哪个城市，日照、青岛、曲阜、济南，都有亲切的回忆和温暖的故事。

想起在日照的任家台码头，我们的汽车蹭了一辆渔民的摩托车，渔民的腿擦破了一点皮，在我的百般询问下，渔民说给个百八十块的吧，当我执意再想多给50元的时候，渔民死活不收。

想起在曲阜帮爸爸抬轮椅的两个男导游,讲好了300块,孔府孔庙那么多台阶,就始终卖力地推车、抬车,不让先生帮忙,非常实在。

想起傍晚入住青岛时,青岛阳光新地酒店服务员亲切熟悉的笑容,顿时让人心生温暖……一方水土一方人,那真是不一样的、完全不一样的感觉和风气。

……

就在这时,眼前一阵嚷嚷打破了我们的回忆,又一个操外地口音的女顾客气愤地追着一个服务员理论。后来一交流,知道他们一家从武汉来,也是刚一来就弄了一肚子气,那女士很生气地说:"除了不怎么样,菜和汤还不给够。到时候网上真得给他们抖落抖落!"

这时看见带我们来的那位妇女等在门口,她正要过来,我朝她摆手:"这地儿,不怎么样!"见状,她知趣地走了。

说实话这是我第一次来开封,平时河南都很少来,不知道为什么,对这个地方没有过太多的向往和期待。这次主要陪父母闲逛,几十年前他们带妹妹来过,这次是实在没什么地方可去,来这顺便让他们重温一下,我们也看看这个开封府到底是个什么模样。

吃完饭,忍不住还是对那个领班说:"你们这样做还是有点问题。"领班一愣,我接着说,"你们这是服务行业,窗口行业，接触的是全国各地的人，河南人在外面的口碑本来就一般，就不宜再强化这种印象了。这是第一次来开封，刚落下脚第一站，本来还兴致勃勃的呢，结果却留下这种印象。这是我们在河南，那等河南人到了我们那儿呢？能受欢迎吗？"

我知道我说这话不遭待见，领班有点不爱听了："你别说了，我听明白了，听明白你的意思了。"脸色有点不太好看地又去忙别的了。

离开这个糟糕的一品楼，接下来要张罗怎么玩怎么住的问题，但无论怎么玩怎么住，开封在我们印象中的大基调基本上已经定了。

果然，以后的每一站也不得不戴着有色眼镜去看开封了。在清明上河园的小吃一条街，又遇到了类似一品楼的小商户，我们只好避开，换了一家。我说："真没见过你们河南人这样的。"那老板说："哪儿都一样！"我想发自内心地告诉他：还真是不一样。

很遗憾，这就是开封府留给我们的第一印象。

2010年10月5日，山东家中

杨柳青青杨柳青

来杨柳青之前,以木版年画闻名遐迩的天津千年古镇杨柳青已被我念叨过多次了,也许是近的缘故,屡次念及,屡次搁置,不能成行。今年春节养病在家,无法出远门,状态稍好之时,心有所动,又想起了杨柳青,和家人一拍即合,即兴驱车前往。

从北京向东,大约过了两小时,接近中午的时候我们进入了天津市西青区地界,渐渐地,路的一侧开始有深红色古建筑出现,想必杨柳青古镇就是这里了。我们从其中的一个路口拐进去,看见一个大广场,广场被四周的古建筑围拢了,方方正正,很开阔,只不过停满了车,这里应该就是杨柳青广场吧,今日就是一个大停车场。下了车,看见对面贴满了年画、春联的石府妈妈菜正冒着热气,很有年味儿,肚子已经饿了的我们决定先去那里用餐,下午再去游览。不料石府菜太火爆了,座位早已订满,我们只好去别处解决午饭。

绕到后面的一条街上，看到有很多卖小吃和小玩意儿的小摊，街上挤满了人，有点像北京的庙会，很有过节的气氛。从如意大街的街口向北，时不时地看到一些院落灰色的外墙上，挂着抢眼的超大幅年画宣传画，有门神，也有胖娃娃，总之那是一种杨柳青的气息，无形中给节日的古镇平添了许多喜庆。

我们在附近的古街道里找到了一家叫作"大营客"的餐馆，这家餐馆实际就是一个大宅院，登上几级高大的台阶，推开两道厚厚的院门，看到一个方方正正的四合院，虽然四方的院落因餐厅的用途明显地经过了改造，搭建了顶棚以防风遮雨，成了一个封闭但又相对宽敞的散座饭厅，但看得出昔日的这里曾是一座居家的宅院。安家大院，曹家大院，杨柳青古镇有着太多这样的宅院。今天，昔日的主人虽都已搬出了大院，但古建的房屋却都依然完好地保存着，不管是被用作了餐厅、画廊，还是旅馆，都不缺少应有的那一份人间烟火气。这家餐厅四周的老房子被用作厨房和雅间，布局、结构看上去十分舒服。不时地有服务员进进出出，端茶倒水，忙左忙右，隔着雕花的木格子窗，也能看到节日里谈笑风生、老少欢聚的喜庆场面。不管吃了什么，此番感受已是十分欢喜。也许是餐厅位置稍偏的缘故，不同于石府菜的爆棚，这里大厅的客人不是很多，还有很多座位空着，正因如此，气氛反而更显清闲从容。等餐的工夫，我好好地将这个四合院打量了一番，继而禁不住产生了一丝好奇：今日的"大营客"，谁又是它昔日的主人呢？

也许，杨柳青还有很多很多的故事，等待着好奇的我们一点点去发掘。

石家大院

说起建筑，说起宅院，最能引领杨柳青风骚，最能代表杨柳青昔日声名和势力的，恐怕就是石家大院了。若想了解杨柳青的建筑史、经济史、民俗史，石家大院是必去之地。石家大院始建于1875年，至今已有140多年的历史，这个占地7200余平方米、拥有四合套式12个院落的宅院，原为清末天津八大家之一的津西首富石元士的住宅。据说石家原籍山东，祖辈漕运发家后在清乾隆年间定居杨柳青，清道光三年（1823），析产为四大门，分别是福善堂、正廉堂、天锡堂、尊美堂。各门均建有一所颇具规模的建筑。现石家大院即为仅存的"尊美堂"宅第，曾有"天津第一家""华北第一宅"之称，处处透着汉族传统民居建筑之精妙。

我们买票进到石家大院时已是下午四点，距离大院关门只有半个小时的时间，但匆匆浏览之后，还是被它的格局布置震撼了。进入大门即是一条宽阔的长甬道，构成大院的中轴线，甬道上有形式各异、建筑精美的五座门楼，从南向北门楼逐渐升高，寓意为"步步高升"，而每道院门都是三级台阶，寓意为"连升三级"。院内有花园有戏楼有账房，有闺房有花厅有厢房，一应俱全，应有尽有。在"尊美堂"，我们看到石府主人的蜡像，安坐家中，气定神闲。而今日的石家大院，无论于正屋、书房、花厅、戏楼，还是卧室，都尽可能地还原昔日场景摆设，正值年节，贴有春联、年画，不给人空空如也或是人去楼空之感，仿佛主人刚刚出门，不久就会回来。宅内的所有院落都是四合套成，院中有院，院中跨院，院中套院，从建筑风格到艺术装饰，都反映了清末民初的文化遗存和民俗民风。这些院落结构独特，内外摆设考究，砖木石雕精美，据说耗费了巨资，请远近艺人、工匠精心打造，就连边侧不起眼的小门之上，砖刻石雕都一丝不苟，精巧至极，于细节中显示着大家气派。艺术创作之中常借"福寿双全""莲荷""万福"等喜庆图案，寓意福禄吉祥。院中的大戏楼通透开阔，是中国北方最大的民宅戏楼，身置其中，能想象昔日石府家眷喝茶听戏的悠闲场面和富商之家极尽享受的奢华光景。

如今的石家大院已被辟为杨柳青博物馆，成了全镇唯一一处售票的宅第。不知道是不是因为宅院太大、有些地方被我们遗漏的缘故，在被辟作展室的古屋内，我们没有看到杨柳青木版年画的历代收藏和泥人张、杨柳青风筝及民间剪纸的陈列，但看到了百余件天津砖雕陈列的上乘之作，看到了大运河的漕运图和水运船模型，看到了石家后代、被称为"话剧皇帝"的表演艺术家石挥的展览，看到了杨柳青镇高姓村民捐献的保存完好的古家谱，展览虽不具规模，不成系统，但这些丝丝缕缕，隐约已能沟通杨柳青的过往，找到昔日杨柳青的一点蛛丝马迹了。

从石家大院的前门出来，迎面就是京杭大运河，河边有一尊代表杨柳青年画的超大"连年有余"金色雕塑。石家大院位于千年古镇杨柳青的中心，占尽了天时地利，门前有河缓缓流过，从风水的角度，自然也该是一块宝地吧。然而风水轮流转，和历史上很多的家族一样，据说石家也一度经过了落户、发家、鼎盛、衰微直至败落的不同时期，今日的石家人都去往了哪里，似乎已经没有太多人知道了，大运河边，只留下了这个大院子供人缅怀观瞻。

年画一条街

杨柳青最有名的，还是它的年画。如果说石家大院代表的是少数富商大户的一时显赫，那么年画所寄托的则是民间大众追求如意吉祥的平常心怀了，因此似乎也与世俗大众的日常生活更为贴近。杨柳青年画发端于明代崇祯年间，据说当时有一位擅长雕刻的民间艺人避难来到这里，逢年过节，他就刻一些门神、灶王、钟馗等拿到镇上去卖，以此来维持生活，镇上的人争相模仿，逐渐家家就都会这门手艺了。清代光绪以前杨柳青年画进入发展的鼎盛时期，彼时的杨柳青镇及其附近村庄，大都从事年画作坊生产，有"家家会点染，户户善丹青"之说。在中国年画史上，杨柳青年画与四川绵竹年画、山东潍坊、江苏桃花坞的木版年画一起被誉为中国"四大年画"，与南方著名的苏州桃花坞年画并称"南桃北柳"。经过一代又一代的传承和发展，今天，杨柳青年画技艺不断成熟，早已是声名远扬、享誉全球了，《连年有余》《四季花开》等传统艺术精品被海内外广为喜爱和收藏。

在与石家大院一墙之隔的年画一条街，我进到一家店里，三十来岁的女店主正在热情地招呼客人，将宣纸蒙到木版上，向客人示范年画的制作过程，我翻看着店里的各式年画，时不时地询问着价格，等客人走了，她就跟我聊起了天。我问杨柳青镇家家户户都会做年画吗？她说基本上是。《连年有余》《福善喜庆》《四季花开》《五子夺莲》《凤凰有仪》《莲卧鱼子》《大得馀利》……她一幅幅地给我讲解着那些作品的含义，每一幅，都承载着节日里吉祥喜庆的寓意，因此，逢年过节这些作品就十分抢手。女店主告诉我，她一年时间创作的年画基本集中在春节就卖完了，春节过后继续创作，为来年春节作准备。听说这些年画都是用国画颜料画出来的,我买了她两张宣纸拓下来的小样,准备回家画着玩,她操起画笔,于粘贴于大门板的宣纸上给我作起了示范。她说平时店里有客人她就招呼客人,没客人她就陆续画一点,边画边卖。

除了年画,她的店里还陈列着剪纸作品。剪纸作为中国传统的非物质文化遗产,在杨柳青虽无年画著名,但也是杨柳青人的拿手好活。看我拿起一幅别致的"福"字彩色剪纸,她说这是她刚刚剪出来的。这让我联想起前年去过的以剪纸闻名的河北蔚县,单以剪纸论,蔚县似乎比杨柳青更为有名,而提起河北,女店主很兴奋,她说她就是河北的,是从河北嫁到杨柳青的,她虽不是蔚县人,而是衡水人,但也是自小就看到爷爷那一辈在做剪纸,就像她杨柳青的爱人自小就看爷爷奶奶做年画、做剪纸一样,这门手艺正是在日日的耳濡目染中一代代传承下来的。对此我很感兴趣,问她的剪纸是否将河北和天津的元素糅合在了一起?她说河北和天津的作品确实有不同之处,她顺手拿了一张尚未装裱的单色剪纸给我看:"你看,这就是我们老家的剪法,看上去朴实敦厚,不太一样。"仔细看去,还真是,一个憨头憨脑的大娃娃,在一些杂花丛中,貌似笨拙,但笨拙中又朴实可爱。看惯了杨柳青年画和剪纸的流利和模式化,这个憨憨的小娃娃反而显得格外讨喜。我想,所谓的创新,很多的时候是否就是在这种偶然的机会里发生的?不同艺术模式、文化背景的不断融合和演进,是否正是艺术创新和发展的契机呢?

在另一家店里,有两男一女在守摊、聊天,女主人很热情地招呼我,见我只是好奇地询问,依然非常耐心地给我讲解。她说杨柳青木版彩绘年画有五道工序,分别是勾、刻、印、绘、裱。"那'创新'和'创造'的部分是否主要体现在最初制作的木版的模子上呢?"女店主说是,她指了指坐在椅子上长头发的那位男士说:"他就是制版的画家。"见我好奇,她又进一步跟我讲解:根据工艺的精细程度,又分为粗活、二细子和细活。我听不懂,"什么是粗活、细活、二细子呢?""过去祭灶的年画你见过吧?"她指着一张灶王爷的年画给我看,那不就是小时候我在农村姥姥家看到的"老灶爷"吗?粗活我明白了,那二细子和细活呢?她说难区分的是二细子和细活。这时她从挂着的画中翻出两幅相同内容的年画给我看,搭眼一看我并未看出多大区别,经她对照讲解,我知道了从刻画的细腻、用色的深浅、晕染的自然程度,确实还是有不同的。她对我说:"细活艳而不俗,淡而雅。"看来即使是民间艺术、民俗文化,也是有雅俗之分的。我从她家买了两张拓好的小样,心满意足地离开了她的小店。

出门进到另一家,这家店里是位男士,我刚一问价,他就给我讲起了如何辨别一幅好的年画和一幅次的年画,勾画的细腻、清晰是关键,也是他的卖点。他给我拿出一摞年画作品,一边让我挑一边给我讲,我被他说服了,决定买他两幅年画作品。挑着挑着，我忽然意识到上面"连年有余"的书法似乎写得不十分精到。就像国画，书法的题款是作品很重要的一部分，年画是否也是如此呢？看我提出这个问题，店主说：老辈儿他们就是这么写的，没有写字太好的。这个回答倒也朴实本分。杨柳青年画，因不是大批量工业生产，是眼看着村民一笔笔勾画出来、题写其上的，每一件作品，都附着着艺人不同的气息和心愿，这"独一无二"的手工创作本身，是否就是其艺术价值的所在呢？已经挑出来的两幅作品我决定买下了，付了钱离开了小店。

"赶大营"文化馆

　　距离京城只有100多公里、规模也不是很大的杨柳青用一天的时间游览本已足够，但虑及身体状况和节假日时间的充裕，我们还是决定在那住一宿，次日返京。

　　我们没有找酒店，而是在杨柳青镇古老的街巷里找到了一家叫"同盛和"的四合院。"同盛和"高门大户，古色古香，从高高的大门槛迈进去，迎面是一个雕花的靠山影壁，中轴线上是民国时期月亮门一座，左右各一进院落，方方正正，正房布瓦屋面，清水脊，厢房马鞍脊。左边院子的山墙上挂着"福如东海长流水，寿比南山不老松"壁板条幅和铜画，右边院子的中央竖着一块石碑，"同盛和赶大营·四合院"的大字之下写着"历经百年，正如所见"的字样。看来，这不是一个普通的宅子。

果不其然，服务员带我们去看房间时，经过一个长廊，长廊的两边挂着很多老照片和一些文字说明，没来得及细看，但刹那间就感觉到一种厚重的气息扑面而来——至少这里有故事可讲。出得长廊，没想到前面还有一进四合院落，方方正正的院子中央花木扶疏，小桥流水，红色的金鱼优游其间，古雅中充满了生机。我们订的大床房就在这里，此情此景，心里立刻喜欢上了它并决定住下。

安顿好之后，我迫不及待地去探听长廊里的"故事"，原来那些图文都是在说杨柳青人"赶大营"的往事和这个大院的典故。

"赶大营"始于清光绪年间，是大运河边的杨柳青人一段难忘的历史，就像山东人的"闯关东"，山西人的"走西口"，它使杨柳青人与新疆结下了深刻的渊源。那一年，左宗棠率西征大军进入西北收复新疆，清廷因为数万大军的后勤补给号召内地人支边。被贫苦生活逼上绝路的杨柳青人纷纷响应，肩挑货担，追赶西征军大营，一边补充军用，一边沿途做些小生意，贩售毛巾、肥皂、鞋袜、针线、烟、茶、糖、常用药等，就是这些不起眼的针头线脑，成了连接天津与新疆的一条血脉，由此开辟了东方的丝绸之路。"赶大营"

的壮举不仅给杨柳青人开辟了一条致富路，给古镇带来新的辉煌，而且于鼎盛之时一度引发"百艺进疆"的恢宏场面，各行各业的杨柳青能工巧匠进入新疆，为西域边陲带去便利，对稳固边疆和民族融合起到积极作用。

我们入住的"同盛和"四合院，原是周家大院，是"赶大营"发家的杨柳青八大家之一的周家——周恒德、周恒正兄弟从石家买来的几进院落，用工十分考究，而"同盛和"则是昔日其在新疆的最大商号。

故事得从头讲起。左宗棠率军西征时，时在陕西经商的周、王、陈、李、韩姓五个杨柳青人各出银百两，共计五百两作为本钱，设立五合公，随军西征获利。后期周姓在新疆成立当地最有名的汉人商店"同盛和"。20世纪20年代，周家二兄弟买下的这座宅子本是曾任扬州知府的杨柳青石氏二门石作桢之子石绍曾为其父盖的宅第，当时叫作知府第。听完这些故事，再看这座方方正正的老房子，我们庆幸没有到别处入住现代化酒店了。今天，这里不仅仅是旅馆，供四面八方的游客观赏凭吊，还是"赶大营"文化馆和新疆天津商会所在地，院落内外时不时见到名家题书，对这段历史唏嘘感怀，房间内一幅《津商百艺进疆图》再现了昔日杨柳青人赴疆的活跃情景。

而据"赶大营"文化馆馆长介绍，"赶大营"文化还在进一步的整理和发掘之中。随便翻开"同盛和"的一本内部杂志，一段文字映入眼帘：如果把赶大营喻为历史留给我们的一棵沧桑大树，那么一直以来，我们看到的只是这棵大树的枝和干，文化馆的兴建则将具体事件引向深层的表述与串联，将赶大营延伸于地下的根系呈现在大家眼前。

"同盛和"的这一宿住得很踏实，很满足。

如意大街

次日醒来，不紧不慢地梳洗完毕，问前台的小姑娘：杨柳青是否就是这么一小片地方？小姑娘说：杨柳青有十九条街呢，古城基本也就这一片了。想到周家大院后面的如意大街我们还没有逛呢，离开杨柳青之前，我们要去那里逛逛。

正月初五的如意大街，除了店铺之外，还有很多摆摊售卖的人和闲散的游人。店铺里大多卖些杨柳青和天津的"特产"，年画、剪纸是必不可少的，除此之外，还有泥人张、杨柳青风筝等等。这里的店铺比年画一条街里的要大些，里面陈列的年画、剪纸似乎也比一条街里的花样更多、更考究，除了杨柳青常见的大娃娃年画之外，像在街口的那家店里，还能看到杨柳青年代更古的长幅年画，细细地欣赏、浏览一番，再去到别家店里，优哉游哉。

正如庙宇文化是最贴近民间的文化，在如意大街上看到关帝庙我不仅没觉得吃惊，反而感到一丝亲切，就像在上海的小吃街遇见城隍庙，在大同古城的街巷和苏州观前街邂逅文庙。庙宇，是一方水土的心灵寄托，承载了人们心中的美好愿望，不能一概与"迷信"画等号。小时候姥姥家的门口就有一座关爷庙，虽然起初只是几块砖垒起的"迷你"小房子，但却是全村人的精神寄托，丰收了到庙前庆祝，干旱了到庙前求雨，添丁加口了到庙前报喜，遇事了到庙前祷告，小小的庙门，与乡里乡亲有着割不断的千丝万缕的情感联系。像欧洲随处可见的教堂也是一样，人们进进出出，不但是文化很重要的内容，也是日常生活很重要的一部分。这里的关帝庙无人守门，门前只随意地放着几把香火，供来这里膜拜的人们随喜取用，朴实简单，但却仿佛还原了宗教和信仰的本身——那些用金钱和奢靡换取的东西，或以金钱和奢靡来衡量的宗教和信仰，都有虚伪和动机不纯的嫌疑。关帝庙里时不时地有游人或村民进出，香火不断，给节日的杨柳青平添了一层吉祥、安泰的色彩。

顺着街口继续往里走，时不时看到从主街上分出去的乔家疙瘩胡同、曹家胡同等等大大小小的胡同，向里望去，高门大户，一进进的院落密密匝匝，想必每一个院子里都曾有过鲜活生动的往事吧。今天，人们已经不知道乔家、曹家都去向了哪里，作为历史遗存，只有这些老房子还默默地待在这里。无论是仿建、修缮，还是保留着原来的模样，有，总是聊胜于无。没有凭依、无法追索的民族，才是最悲哀的。

临街的有些院落大门紧锁，但醒目的楹联依然显示着主人的品位：贤人居善地，君子重德行。无形中给人一种好感。更多的院落作了博物馆、艺术馆、年画店铺或作坊。在方大开艺术馆，我们不仅看到了天津市南开区文联和书协副主席方大开先生清雅超脱的字画，还看到馆内陈列着齐白石、何香凝以及老舍和夫人胡絜青的作品，个别标有价格，多数供游人欣赏。艺术馆大门敞开，却始终不见主人，也不见有人值守，展览大厅的灯都需要游人自己开关，如此"信任"，倒也亲切自在。在很久以前的农村不就是这个样子吗？出门还有谁会上锁设防呢？无所防备的心灵，原本才更轻盈自在。徜徉于山水之间的方大开先生，必定也有这般胸怀吧？另一个印象深刻的大院现如今是年画作坊，强调此处的年画都是一笔笔精心制作，与其他作坊、店面不同的是，买他家年画、剪纸的顾客都能看到独具个性的包装，无论是盒子上还是手提袋上，都用流畅的行书题写着他家的标志，白色手提袋的另一面，是杨柳青标志传统年画"连年有余"，简洁而有格调，不仅给人节日的喜庆，还给人不一样的感觉和独特的艺术享受。

不知不觉间游完如意大街，向北一两百米再右转，就又绕回到了我们居住的那条街。不经意间我们又路过头天我们就餐的"大营客"，彼时已是中午，于是不约而同地又进到了这个我们喜欢的院落……

杨柳青青

就要离开杨柳青时，脑子里不停地琢磨："杨柳青"的名字风雅别致，很有一番春风又绿江南岸的独特意境，那么这个不乏诗意的名字究竟因何而来呢？

这个问题一度众说纷纭，曾有"有柳说"，称宋代黄河决口北流，境内河道湖泊回流东下，得名"流口"，宋兵沿河遍栽莳柳，又名"柳口"，后经沧桑流变，渐更名为"杨柳青"；又有"名人留说"，传说元代文人揭奚斯游历至此，见遍地杨柳青青，流水潺潺，景若苏杭，赋诗《杨柳青谣》一首，因其中"杨柳青青河水黄，河流两岸苇篱长"之句，得名"杨柳青"；还有"御赐钦定说"，即传清乾隆皇帝下江南，沿运河（南运河）行至此地，见两岸杨柳繁茂，婀娜多姿，遂问随行大臣刘墉此为何地，刘墉随口答曰"杨柳青"，乾隆亦颔首称曰："杨柳青！"被陪同的地方官传扬开去，"杨柳青"镇名遂被叫响。"杨柳青"之名究竟由何而来，三个说法似乎都有道理，如"御赐钦定说"，地名是否真缘于此不太好说，但喜欢遍游山水的乾隆皇帝沿运河到得古镇，稍作停留，还是极有可能的。正如我们所看到的，大江南北，无论到哪，都得见乾隆皇帝"到此一游"的即兴笔墨，乾隆无疑是个喜欢四海优游并甚有雅兴的风流皇帝。离

第二辑 周边自驾 杨柳青青杨柳青

开杨柳青的那个午后,我们溯河而上,在运河岸边,确实看到了杨柳青人纪念这段典故的碑亭和雕塑,俯瞰运河的两尊青铜雕塑,一尊是乾隆,一尊是刘墉,刘墉俯首禀报,望着运河水的乾隆皇帝捋着胡须,似在侧耳倾听,又似在说:"嗯,杨柳青!"

而碑亭的对面,已是一排排崭新的现代居民楼。据说如今的杨柳青古镇已被政府收归国有,临街的店铺、旅馆、院落均为生意人租用,石家大院、周家大院虽都保存完好,但均已不是私家房产,昔日风光的历史也都进了博物馆,或封存在了杨柳青人永久的记忆里。

回到北京,看到我在微信中发的杨柳青的街景院落照片,一位河南的朋友留言说:"看着这些画面,想着的是,要不了多长时间,就是杨柳青青了。"是啊,"律回岁晚冰霜少,春到人间草木知",此时北京的小草已经拱出地皮,千年古镇杨柳青离杨柳青青、草长莺飞的时刻的确也已经不远了啊。

2016年2月20日~22日,北京家中

第三辑 **回到家乡**

老家闲逛

本来说好中秋节我们从北京、弟弟和妹妹他们带爸妈从济南回老家相聚，但弟弟和妹妹临时变卦，中秋节那天将爸妈留在济南过了，咪爸忙，我和咪宝由于没买着火车票，搭别人的车如期来到东明，和姐姐一家一起过节。

姐姐倒是早就规划好了，说要先带我逛街，感受一下东明的新变化，再带我去看看我的母校，说建得很好，然后要带我吃好吃的，房间已经订好，问我这个计划怎么样。我当场欢呼：好啊好啊！尤其是"看看母校"，那是最合我心意的，不知道她怎么想起这个了，菏泽师专，记忆中最美的学校！

早上，姐姐给我和咪宝做了银耳羹，街上买了面托——每次来都要吃，只有东明才有。我顿时食欲大开，一斤面托，我吃了至少三分之二。咪宝说："你这个大嘴巴怎么这么能吃啊？"是啊，逮着家乡味了呗。让我们眷恋的，原本不是山珍海味，不是盛宴佳肴，而是自小就吃、早已为我们习惯和

熟悉了的那份无以替代的家乡的味道。

姐姐带我们在街上随意地走着,知道是昔日老电影院的那条街,但据说那个电影院已经不成样子了,虽然那里面盛满了我小时候的记忆,但我们也没有刻意去寻找——所有美好的记忆都不会消失的,即便承载记忆的房子老旧了或不在了。人生不会失去什么。

溜达到文庙。文庙在一所中学里面,过去是姐姐就读的学校,现在姐姐的儿子凡凡也在这里读书,我没有上过这所中学,也没来过文庙,这次借着这个机会也到此一游——从文的人，是该沾点文气。

所谓的"新变化"，无非就是用一种发展的表象将记忆生生地斩断了，让你因与过去的一切无法联结而产生刹那的陌生与疏离感。而就在此时，一个熟悉的身影出现在眼帘——傻三儿！那个小时候就有的傻子，仍旧披着麻袋片儿，仍旧模样不改，仍旧低头走路，仍旧扒着垃圾，仍旧一如当初地活着……垃圾里生存，我又一次惊讶于他的生命力了！与"新变化"比起来，还是这些"旧景"来得亲切！

接着姐姐开车带我去菏泽看我的母校，这个地方是人生无法忽略的重要一页，所以将以单章叙述。而去菏泽的中途，姐姐将我带到了一个农村的小区，给我讲起了玉皇的故事，是一个发达的企业家——这个村的一个退伍兵，将临近几个村连起来，盖了大片的别墅小区免费给村民住，小区亭台楼榭、健身器材一应俱全，村民但凡成人每人一栋三层别墅，如果愿意，谁都可以去玉皇上班，不愿意也可以在小区的基地内种地，或者哪也不去，他负责给老人孩子发补贴和生活费。若是在菏泽他的企业上班，不管是谁，先分套房子。我听了觉得有些恍惚，这不就是所谓共产主义社会吗？这是小插曲。

而在老家的街道上，处处都有回忆。远处发射塔的所在是电视台，经过这么一个地方也会使我感到亲切，人生的经历是多么奇特，谁会想到N年前我曾在这里做播音员啊？而前不久在北京见到了当年与我一起进台的另一位女主播,知道她也离开了播音的岗位,拿着90%的工资寻了另一份职业,过起了优哉游哉的自由生活,起因是其间她跑到香港生了一个二胎,除了儿子,意外地又有了一个理想中的小女孩——谁说家有兄妹不是理想的生活、云端的日子呢?

也真难得姐姐有此雅兴,开车带着我们四处游逛,而最令我高兴的,是看到她竟也如此地享受这小城生活,一路上,她跟我说着小城的各种好……

回老家了!分别得虽然不算太久,但来的时间却也日显稀少,父母搬济南之后更是如此。早上醒来,我迫不及待地跑到街上,想仔细地端详一下它的模样……

2012年10月8日

师专重走

虽然先后读了三所高校，但一直觉得，菏泽师专是记忆中最美的学校，或者说，是今生最美学校，"十一"假期，很开心姐姐竟然想起来要带我去"看看母校"。母校已经改成了"菏泽学院"，但在我心目中，它还是过去那个异常美好的菏泽师专。

校园什么时候变得如此开阔了？然而哪一座是过去读过书的教室？哪一座是过去住过的宿舍？窗外的丁香树在哪里？游走在校园里，我已经无法辨认，猛然间有了一丝惶惑的感觉。

但看见外语楼内心还是涌起了亲切感，时光重现，外语系，最浪漫年华！时不时脑海里还会出现彼时两个外教深情对唱的英文歌曲：

Down in the valley

The valley so low

Hang your head over

Hear the wind blow

Hear the wind blow, dear

Hear the wind blow

...

Roses love sunshine

Violets love due

Angels in heaven

Know I love you

Know I love you, dear

Know I love you

Angels in heaven

Know I love you...

今日重唱,依然很美。

两位外教是夫妇,他们回美国后,我们还保持了一段时间通信,给我寄来他们的全家照,还寄来我英文名"Iris"的图片,按照他们当时给我起这个名字时的解释,那是"A special kind of flower",心想,不会是狗尾巴花儿吧?一切都成了回忆,而这个名字被我沿用至今。

岁月如歌,如诗,铮铮作响。外语楼的墙壁上,贴着2011

届和2012届的考研光荣榜，而在我读书的时候，怎么就没想过要去读研究生？别说研究生了，本科也没想过去读啊，然而，时光美好，青春从不曾枉费，那诗一样耀眼的年华，终于构成今天我无比坚固的记忆——菏泽师专，最美好的机缘和机遇。

母校的确是翻新、扩建了，走到最后竟然出现了一片园林，今日母校就读的学子，会更感诗意吗？

然而我还是想找到母校昔日的模样。当看到那个已经废弃的操场，记忆便一点点在恢复了，不觉我们已经溜达到了老校区。当年在这个操场上，我被挑选参加全省高校篮球赛，在年轻帅气的体育教练刘老师的带领下进行了三个月的篮球集训，跑不动了，刘老师就说：来，我带着你跑。学校给我们开小灶，但每天集训下来，脸上都结了盐粒。虽然我作为替补队员在泰安一周的比赛中只上场了两分钟，但记忆依然是美好的，更何况上场的那两分钟里还进了一个球呢！是的，骄傲！

顺着往前走，姐姐提醒我："图书馆。"我看了看，说："没印象。没进过图书馆。"他们笑。是的，真的没有印象啊，心想如果说艺术系和体育系的师哥请我们英语系的女生在哪里跳过舞，没准我还有印象。但青春依然没有枉费，虽然不记得图书馆，但记得三毛、琼瑶、席慕蓉，记得北岛、顾城和舒婷，手头至今还有一本亲手涂抹的朦胧"诗集"为证。岁月，依然如歌！

大路的两旁，这些枝叶繁茂的大树我不记得了，但我想找到当年的女生宿舍楼和教室门前的丁香树。

如今校园里的公寓楼再不是当年的两座，已经是鳞次栉比了，但循着记忆，我还是找到了这里——当年的女生楼。在这里，我们曾经在一起厮磨了两年的美好时光，真纯，耀眼，那时，她们给我起了一个好听的名字，叫阿蒙。她们说我像蒙娜丽莎。

一切如梦如幻。

找到了我们曾经住过的那间宿舍，但现在已是生命科学系女生的宿舍了，怀着复杂的心情，我在外流连了些许时候，透过门缝看了看，里面还有人哪！是谁，放假了还待在宿舍里？靠窗，下铺，那是我的床！拿出相机"咔嚓"了一下之后，感觉自己像极了狗仔队，暗自笑了笑，走吧，时光不再。

在附近，我还看到了当年的文科楼，英语系是后搬进来的，印象最深的还是那排低矮的老楼。最早我们就是在这排房子里，学习，生活，丁香树，也是在这里，而今已经不见了踪影，然而诗还在：

> 我伫立在丁香的啜泣声中
> 看你在夜的面前
> 变幻着季节

你的小雨

淋湿了我的衣裳

1990.4.14

装满了美好记忆的房子——我们英语系的老教室外墙上却写着醒目的"拆"字，可能要拆了。拆吧，我知道记忆仍将永存。

我们的这间教室，也已成为2012级动画二班的教室。而当年，英语系在走廊的这头，艺术系在走廊的那头，那群帅气的艺术系男生就在他们的教室里请我们班的女生跳舞，还记得那男生温存的话语，我说"不会跳"，他说，"我教你"。后来上自习的许多个晚上被人叫出来说有人找，而等我出来，找我的那个人就噌噌吓跑了……还是那个男生，一切朦胧而又美好。

教室锁着，我已经进不去了，只见墙壁上贴着高更的话：你怎么看那些树木？它们是黄色的，好，那就涂上黄色。而阴影有点偏蓝，那就涂上纯粹的群青。至于红色的叶子，就用朱红。还有一点艺术的气息。那曾是我向往的。

学校的主楼上，已经扯起了欢迎2012级新同学的条幅。想起N年前我听闻录取菏泽师专的时候心情曾经有些灰暗，现在我想说，在哪儿，生命都将绽放，都将如诗，时光，从不会虚度，一切的消磨，都充满了价值和意义，我们需要的，只是享受。

我四处寻觅，唏嘘感叹，另三位——姐姐和两个孩子是无事人，事不关己，坐在凉亭里玩游戏。中秋的这天，姐姐整个给我安排了一个怀旧之旅。然而彼时的心情又不像怀旧，因为人生璀璨，此时，彼地，每一刻都不曾枉费。而岁月，依然如歌。

回到家里，意外地翻出了当年的教案本，作为师专记忆的延续，以及仅有的一年教学生涯，它依然应该为我珍藏，而最让我没有想到的是，中秋节当天，我竟然收到当年我的一个学生发给我的短信：陈老师好！我是喜梅……真的感谢那些学生至今竟还能记得我，找到我。而一年的教学生涯，也给我的职业生涯留下了无限美好的记忆。不要诋毁"怀旧"这个字眼，所有的美好我们原本都不该忘记！过往和今日，原本有着不可切割的联结，一脉相承，生生不息。经过岁月，它会变成丰厚的养料，滋养生命，使我们的人生更鲜亮，更璀璨。于是即兴吟打油诗，以志彼时心情：

> 繁华几度迷人眼，
> 绚烂仲秋响和弦。
> 年华锦绣耀丽日，
> 一路飞歌一路欢。

2012年10月9日早，北京家中

泰山怀想

到达泰山脚下,眼前的泰山与头脑中许多年前的印象已经不能吻合,但许多年前的某一年,确实先后两次登顶泰山。

第一次是那年的春天,作为菏泽师专篮球队的一名替补队员去泰安打比赛。

全校范围的选拔过后,我们临时组建的共20人的男女两个篮球队,在年轻英俊的篮球教练刘老师的带领下,经过三个月的刻苦集训就赴泰安参加全省高校篮球赛了。

比赛历时七天,前六天我都没有上场的机会,在场外当啦啦队也是一种幸福的参与(至少比在学校上课强多了)。

最后一天的最后一场比赛,是我们跟东道主泰安某高校女子队间冠亚军的激烈角逐。比赛的下半场,眼看着泰安队的比分落在我们后面,泰安的裁判有些着急,连吹了几个黑哨,将我们也吹急了眼,场外有些混乱,我们的教练虽然一时气愤也忍不住站起来冲场上嚷了几句，但最终还是按捺住了情绪，让大家保持冷静。

也许此时教练已经不再将比赛看得那么重要了，也许是最后关头想起照顾一下我这个候补队员，不让我有白来一趟的遗憾，比赛到了最后2分钟的时候，教练突然让我上场。

我已经积攒了一礼拜的能量，但在场上还是被那些又高又壮的队员毫不客气地推来推去——跟人拼抢不是我的优势，对比之下显得颇为瘦弱的我可能也根本不被她们放在眼里。但是，球一旦结结实实地拿到了手里，咱这个前锋投篮的命中率还是不容小觑滴（嘿嘿，没人知道咱就先吹吹吧）。而上场的那两分钟里，我果真得到了一个进球的机会，于是最后关头毫不犹豫地为我们队赢得了2分。那是整场比赛也是整个泰安之行的最后一球，当然，也是我"篮球生涯"中难忘的一个球。不多会儿比赛结束的哨声就吹响了。

虽然泰安队在裁判的多次帮助下最后以一个球——2分的优势强行地"赢"了我们，将我们的队员都给气哭了，但不平之余教练还是安慰大家说："不要把结果看得那么重要，明眼人都知道你们是冠军，你们打得非常好。好好休息，明天咱们去爬泰山。"

我们的宿舍就在泰山脚下，这个泰山已经被我们凭窗观望了一个礼拜，每天闲暇的时候就望着它在不同的天气里变幻着景象，或清晰或朦胧。而我们这些来自不同系（除体育系外）的同学们也在这一个礼拜里结下了深厚的友谊。

第二天一早，全体队员在教练的带领下去爬泰山，这次爬山印象深刻。那时已经过几个月的高强度集训，自认为身体状态很好的我们没有坐缆车，沿着密密麻麻的台阶一直爬上山去。但爬到一半的时候我就感觉体力有些不支，等到下山时，两条腿都已木得不听使唤了，站在那还不由自主地发颤。篮球队里的一位男同学，都不记得是哪个系的也不记得叫什么了，一路将我搀扶下山去。

当年的秋季，时隔大约半年之后，我因工作的关系又有机会去爬泰山，那次是晚上爬的，仍然没坐缆车，爬到最后是拉着同事的包，被同事连拉带拽地给拽上去的。想想真是狼狈。

而如果是今天，望着那些窄而又窄、直入云天、无穷无尽的台阶，我想我怕是已经没有了攀爬的信心和勇气。

这次来泰山只是路过。春节在济南过，闲来无事想带父母去附近的曲阜转转，本以为泰安比曲阜远，没想到去曲阜实际是要路过泰安。看到路牌才临时决定绕行泰安，索性来个泰安曲阜一日游。

在泰山脚下吃了顿午饭，买了小作坊刚出锅的核桃和栗子味的山东大煎饼，陪爸妈照了照相，算是到此一游。因为爸爸坐轮椅，如果不是顺道，一般不会专门来泰山，就算是专门来，也不外乎在泰山脚下走走看看，照照相而已。再加上冬天本不是爬山的时节,所以此次的泰山之行虽然仓促,但一家老小都还比较满意。

尤其是我,在那一刻接通了许多年前的美好记忆。

2010年2月26日

济南潇洒胜江南

早听说"济南潇洒似江南",但一直不得其要,那个尘土飞扬、交通拥堵的济南城,哪一点能看出秀美婀娜的江南风韵呢?这始终让我感到费解,然而昨晚游览护城河,泉城的"江南"美景真真地让我震撼了!

我们从解放阁船站登船,上了护城河的游船,在游船的小茶座坐下,一边喝茶,一天聊天,吃着小吃,嗑着瓜子,优哉游哉,完全抛却了白日的劳碌与烦心。船在宽阔的河面上缓缓行驶,在璀璨的灯光和朦胧的夜色笼罩下,两岸泉水淙淙,垂柳婀娜,如梦似幻,顺次经过黑虎泉、趵突泉等名泉,不觉心生欢喜,浮想联翩。而据导游介绍,济南护城河将黑虎泉、趵突泉、五龙潭、珍珠泉四大泉群连为一体,是国内唯有的一条由泉水汇流而成的河流,听后更加感慨,"泉城"印象也在眼前逐渐清晰。泉城广场的蓝色标志远远地进入我们的视线,与那一刻的情思和感怀交相辉映。

一路我们不知穿过了多少座桥，如果对于济南的历史文化不了解，单凭导游的介绍很难记得住这么多桥的名字，印象中有琵琶桥、坤顺门桥、五龙潭桥、东门桥等等，然而置身其中，却是真真地领略了泉城"小桥流水"的江南风韵，而在江南的秀美之中，似乎又多了一些北方的豪迈与大气。尤其是当船驶入大明湖，视线豁然开朗，顿时给人一种波澜壮阔、烟波浩渺之感，船在湖面上行驶了许久还未驶出大明湖，这时听见旁边有人感慨："这比颐和园的昆明湖大很多吧？"凭窗远眺，看见远处的湖心岛被垂柳簇拥着飘摇在湖面之上，在灯光的映衬下影影绰绰，扑朔迷离，充满了诗情画意，而湖上的小岛不止一个，而且四面环水，给大明湖增添了几分意境和想象，也给这汪北方的湖水增添了一丝柔媚和灵动。

　　我们的船在大明湖上继续前行，驶至一处，导游顺手一指，说这是荷花池。荷花是济南市的市花，最好的观赏季节是八月份，虽然季节未到，但身临其境已能想象荷花盛开的壮观景象，以及历代名家笔下大明湖"荷蒲相连"的历史景观。那一刻，我似乎也体会到了济南"四面荷花三面柳，一城山色半城湖"的独特意趣。济南的"一城山色"大概指的是千佛山，据说风平浪静之时，如镜的湖水之上能看到千佛山的倒影。

　　虽然在我已是第无数次游览大明湖了，最早应该是20

世纪90年代初，后曾于不同的季节陆续陪家人前往，但夜游大明湖还是第一次，而这一次，却给我留下了最为美妙的印象。

船驶出大明湖又进入环城河，只见两岸湿地花草繁茂，垂柳依依，导游说沿岸还栽种了我最爱的银杏树。看着那些高大的树木在夜色中挺拔矗立，不由得想象当秋天来临，银杏树耀眼的黄色在阳光下熠熠生辉，那又是一番怎样美的景象呢？沿岸的花草树木之中设有木栈道，更给河流增添了一份闲适和浪漫。

河的两岸不时能看到有人垂钓，也是一幅悠闲景象。

感觉刚从大明湖驶出没有多久，我们的游船又进入一片宽阔的水域，导游说这是小东湖——看来这条护城河是连接了济南的多处景观，沿途的壁画、雕塑，以及历史典故、名人故居又于刹那间沟通了过往，让我们深切地领会了济南古城的历史神韵，难怪诗人会发出"羡煞济南山水好，有心长做济南人"的感慨。

当我的思绪还在漫无边际地漫游之时，我们的船靠岸了，完成这次梦幻之旅又回到了我们出发的地点——解放阁。

2011年4月22日，泉城南郊宾馆

静静的我，静静的海

与北京的麦当劳不同，这间麦当劳是靠海的，坐在麦当劳二层，能看见青岛的栈桥和小青岛，还能看见李嘉诚投资的球形海上五星级大酒店。

当然，对面还有帅气的山东小伙儿。透过明亮的窗，望着开阔的海，无论如何都是一件赏心悦目的事。

又回到了山东。这个城市虽不是我的家乡，但依稀还是能寻见家乡的痕迹，那一方水土，和那一方人。

不同于三亚的轻灵，这里的海滩、街景还是洋溢着北方的敦厚，使我这个北方人并未感觉到太多的新奇。人往往如此，太过熟悉了反而想要逃离。

而此刻的海景，和神态举止间有着些许熟悉的邻座的小伙，似乎也能将人带入年轻美好的记忆。

愿意就这样坐着，只是坐着，享受时间，抑或说享受生命，有一种停滞的美，沉浸的美。

也许，我的生命就该在书写中完成，那是一种舒适的感觉，就如此刻捡起麦当劳的纸片胡乱地写些什么。

孩子在旁边玩耍，而我，在另一个世界里沉浸，仿若隔世，而思绪，早已由近及远，以至更多。

生命真的是件奇妙的事。

青岛两日，仿佛此刻才得以停留，静静的我，静静的海。静静的麦当劳和静静的人们。

2007年9月14日，青岛海边麦当劳

栈　桥

和日照不同，假日的青岛竟然人满为患。看到栈桥上的游人摩肩接踵，黑压压的一片，顿时感到这青岛已不是青岛人民的青岛，栈桥也已不是青岛人民的栈桥了。

前年九月和女儿来青岛，只在栈桥的桥头照了几张相，印象中还没有这么多的游人。这次上得桥来，却需要在密密麻麻的人缝里挤来挤去，有些透不过气。而本来就很拥挤的桥面上还有许多摆摊儿的，乞讨的，算命的，看相的，五花八门，整个一个小社会。

涂着釉彩戴着墨镜端着枪待在桥头供游人合影的"活人雕塑"恐怕是青岛的一绝。记得小开有一次在博客中也展示过。这回我跟其中一位合了影，回来翻看照片，感觉还是没有人家COOL。摆POSE的时候当他把枪交给我让我对着他，我竟然没有勇气，呵呵，只有假模假式地在人家背后比画两下。

然而感觉依然快乐。

在桥上，女儿被套圈的魔术迷住了，玩魔术的叔叔说："十块钱买了这个圈，我教你。"我也想知道封闭的铁圈怎么就能套进去呢，于是买下。那个叔叔就背过身偷偷地教给女儿其中的奥秘。好玩。

在桥的另一头，亭子的旁边，有人在捕鱼，圆圆的网撒下去，总能捞上东西来，女儿拉着我的手，从人堆里挤进去看，是一些长条鱼。而浑身被晒成古铜色的另一个人，却穿着短裤站在桥头的石栏上，不时以各种姿势跳进海里。这让我想起那年初秋和女儿在栈桥边的沙滩上看到的两个老人，游人都在岸上，只有那两位老人在海里自由徜徉。他们与海，想必已经是密不可分了吧。

花四块钱进到亭子里，一层是些鱼呀龟呀小鳄鱼呀，二层有一个剪纸艺人，现场剪影，一两分钟一位，倒也剪得活脱自然。

临近黄昏，栈桥上的风有些大，我们将桥上的大小景致饱览了一遍，就离开了。

2009 年 10 月 9 日

那些地方

青岛记事

也许离开了家,才会对家有着更深的感受吧,在青岛的两日,有着许多的不适应。

和旅行社的扯皮就不说了,14日晚在栈桥边打车去火车站,见满大街亮着灯的出租车来来往往,可伸出手来却没有一辆停下,仔细瞧瞧,亮着灯的车里也有副座或后座坐着人的,不知道为什么。而那时离火车发车已不到一小时了,顿时感觉陌生而忐忑。见路边有停着等活的空车,待走过去,一问是去火车站,司机便斩钉截铁地说:"去不了!"口气中没有一点商量的余地,如此遇见两三辆,便不抱希望了。

莫名所以之中,经青岛本地人指点,只好搭乘了5路公共汽车。车上问司机在哪儿下,司机操着含混的本地话说了句什么也没听清,再问,还是听不清,司机已有些不耐烦了,重复几遍还是不明所以,好像是"铁中",最后还是车上的乘客说全了,告诉我应在"铁路中学"下车——要是老外,遇此情形该得耸一耸肩，吸口凉气了吧？

而不巧的是，走了没几站前面就遇上一辆坏车，5路车被堵在路上活动不了了，无奈之下又只好下来打车，这次运气还算不错，刚一伸手就有辆车停下，不等司机问去哪儿我和女儿就上了车，十几分钟就到了火车站。而我心里却一直都在纳闷：出租车亮着灯为什么里面还会有客人？亮着灯的空车为什么不停？停着的空车为什么都不去火车站？

恰巧在青岛工作的一位同学MSN跟我打招呼，于是连忙问他："青岛满大街的出租车亮着灯为什么招手不停？"他说："不对。""怎么？""北京的灯在上方，青岛的灯在下方，你看错了。"他还说青岛的出租车不敢拒载。这么一听，忍不住笑了，瞧，咱老土了吧？！还跟同学诉苦呢：气死我了，着急打车没一辆停。哈哈。

说说吃的，来青岛的第一个晚上带孩子去海边，禁不住诱惑在海边的大排档吃烤串，有个小小的鲍鱼串，说15元一串，要了一串，另要了两串6元的。待到烤时，只见那位老师从塑料袋里拿出点什么切巴切巴，跟葱头一起翻炒，盛到盘里就只见葱头了，零零星星夹杂在里面的鲍鱼丝也硬得咬不动，只好放下。最让人吃惊的是，一结账，81元。"怎么可能？！不是15元一串吗？"女老板一板一眼地说："15元一片。"知道上当了，可又能奈何？这不是在北京，最关键的身边还有个孩子，不宜跟她吵架，于是将50元零钱拿出来："就这么多了。"女人不依，我说："多了没有。"见状，女人将钱收下，还假模假式地大呼吃亏。路过的一男士抱不平地说了句"没有这样卖东西的"，说完走了，也是游客。

打电话跟先生诉苦，先生轻描淡写地说：讹人的，别影响心情，好好玩儿。还说他遇到不是一次两次了。

再说说住的吧，旅行社给安排在了西部老城区，不说宾馆的住宿条件怎样（将就吧），一出门满眼的脏乱差，就和想象中的青岛很难匹配。刚出火车站，乘旅行社的中巴在曲里拐弯的破旧居民楼里穿梭的时候禁不住疑惑地问导游："这是青岛市区吗？"导游说这是西部老城区。在接下来的两日里才在车上浮光掠影地看了些青岛著名的德式老建筑和现代化的别墅设计。和老城区比起来，新城区要干净整洁很多，然而导游张小姐说，他们大部分还都住在老城区，过去是宁肯在老城区有一间房也不愿去新城区住的。而新城区的房价高的已涨至两三万一平方米了。即便如此，对于生于斯长于斯的青岛居民，对新老城区的感受应该也会有所不同的吧？就像在青岛时我所想念的北京——那是一种熟悉的家的感觉。

倒是青岛的海，依然有着天然的壮阔。9月的天气里已经有了一丝凉意，海水却是温的——同是北方的海，印象中7月酷暑季节里北戴河与南戴河的海水都是有些凉的。栈桥边的沙滩上站满了人，在落日的余晖里影影绰绰，其乐融融。除了两三个当地的老人以外，却没有人下水，而是脱了鞋站在海边，一任涌来的海水打在脚上。孩子们则光着脚丫儿，伴着一浪浪打来的海潮声在沙滩上愉快地嬉戏、奔跑、喊叫……想着一两个小时后就要坐上回京的火车了，心里突然有种暖暖的感觉——也许是很久没有只身带孩子出门了，在青岛的两日，心里一直缠绕着一个很没出息的想法：还是自己家好。

就像回到北京先生说的：你们在家的时候，嫌吵，不在的时候，还挺没着没落的。

2007年9月17日

岛城心绪

虽然美景就在眼前，但离开家，独自待在岛城的海滨花园大酒店，还是有种被抛弃的感觉。可以约青岛的同学聊天，但仿佛又不愿失去独处的机会，最后还是将这份自由留给了自己。

不知道为什么，每次出差都是这样的心情。

也许，我真的是一个充满依赖又时刻逃离的家伙。逃离人群，将自己置于深深的孤独之中。就像每次出差，航班都选靠窗的位置，在狭小的空间里执意给自己留一片独处的天地，任由彼时的心绪弥漫抑或沉浸。

岛城的夜幕降临了。几步之遥的大海于朦胧之中仿佛召唤着什么，但我待在酒店里，似乎没有一点要动的意思……

2010年6月20日

感受日照

从路标看，感觉应该已经进入日照市区了，但宽阔的马路上并未见有太多的车辆，放眼望去，楼房也是稀稀落落，呈放射状分散在四周的远处，不拥挤，也不喧闹，似乎难以捕捉到一点城市的气息。

我们由GPS导航直奔海边的山海天度假区，用两三天的时间先后去过第三海滨浴场、刘家湾赶海园、潮汐塔、灯塔风景区以及帆船基地之后，日照在我的印象中还是模糊的，对于这几天是否到过日照市区依然有些怀疑，因为除了海边，所到之处不光见不到车，也几乎见不到人，可谓清静至极。

在就要离开日照的时候，我提议将GPS定位到日照市政府，因为想象市政府应该离市中心的闹市不远了吧？我想再确切地感受一下这座城市。GPS一路将我们带到了市政府的门前，挂着国徽、门前有数级台阶的大楼很气派，但也是渺无人烟，门前冷落，在假日里显得有些孤独。再往前走，看到商场了,银座商场,以及与商场相连的肯德基,跟头一天我们逛过的新玛特购物中心离得不远。听酒店的服务生说新玛特附近还有几家商场,那么这儿应该就是日照的繁华之地了吧?不料依然感觉人烟稀少。而至此,我仿佛已对日照有了一个初步的印象,如果这就是日照的话,那么它无疑是我见过的人口最少,最安静,也最为冷清的城市。空气的新鲜和视野的开阔是毋庸置疑的,但人气的不足也使它多少显得有些落寞和寂寥。

而我喜欢日照的海。

也许正是因为人少的缘故,日照的海不但开阔,而且干净,潮水退去,灯塔风景区的礁石群错落有致,流动的游人点缀其间,形成独特的人文自然景观。由于赶上国庆和中秋双节,不时会看到三三两两拍婚纱照的情侣,以大海为背景订下婚约,更是增添了许多喜庆气氛和肃穆情怀。

刘家湾赶海园也给我留下了深刻印象。驱车赶到那儿的时候正值上午十点,呈现眼前的是一望无际的浅滩,星星点点的渔船静静地搁浅着,赶海的人们远远近近地散布在周围,在远处变成了一个个小点,当地人告诉我们,一夜之间海水足足退去了六华里。女儿拿着小桶,光着脚丫,迫不及待地跑向海滩,在泥里或水里快活地抓着小鱼小蟹。

是海洋成就并装点了日照。虽然我未刻意去观看海上日出的壮丽景象,但却可以想见其"日出初光先照"的意境之美。

日照的天气也是出奇地好，虽然已是中秋，但阳光却格外充足，以至于我从北京带来的秋天的衣物多数没有用上。当后悔没有将裙子带来，四处找商场买短袖，而火热的阳光一览无遗地照在身上的时候，禁不住感叹：难怪它叫日照。

    2009年10月8日，北京家中

别了，桃花岛

即将离开日照的当天下午，大家都还有兴致游览桃花岛，于是开车奔森林公园方向。在森林公园的停车场，我们被一招揽生意的渔民拦住，他介绍的游轮上不了岛，只是在海边兜一圈回来，但坐轮椅的爸爸却可以上船。他告诉我们，这里也有上岛的汽艇，但轮椅上不去。经过商量，我们决定放弃上岛，跟爸爸一起坐游轮。

在渔民的引领下，我们在任家台码头上了船。

海上的风很大，尤其是站在船头，颠簸得几乎站不稳。妈妈早已感到头晕了，我连忙将她送到二层的船舱内坐下，这时开船的大伯过来，说："这儿不行！晕！赶紧让老人去一层。"我跟跄着扶栏杆下楼送妈妈去了一层，这时一层的船舱内已有几个晕船的人在沙发上躺着了。而更多的游客却是兴奋地站在舱外，瞭望大海，或是扶着船舷照相。

不多会儿船停下来，撒网捕鱼。舵手老伯则从驾驶舱出来和爸爸聊天,问爸爸是哪里人,一说菏泽,他说他知道。我问老伯桃花岛在哪里,老伯顺手一指,我看到不远处黑黑的圆圆的一小片岛屿状轮廓,原来那就是桃花岛。

"咱们还过去吗?"

"不去了。"

"桃花岛,岛上有桃树吗?"

"没有。其实不叫桃花岛,是逃活岛。过去有一个人船碎了逃到这个岛上,在岛上活了半个月,直到得救,后来就叫逃活岛了。"

"那岛上有什么呀?"

"有一口淡水井。"

正聊着,该开船了,老伯又走回了舱内。而我,望着远处的那个救命岛,却禁不住陷入了无限的遐思与想象……

夕阳西下,我们的船返航了。只见百余条编着号的渔船整齐地停靠在码头,船上不时地有人走动着,从这条船迈入那条船。紧靠着码头的一只大船上有几人在用铁镐铲白花花的东西,有人说是盐,有人说是冰,最后我们推定那是冰,因为捕捞上来的海货要用冰块去保鲜。

上得岸来,我们就准备启程去青岛了。别了任家台,别了桃花岛,别了,"日出初光先照"的日照。

2009 年 10 月 9 日

山东，让我感到如此亲切

　　这个假期，从北京到东明，再到日照、青岛、济南，然后返回北京，足足跑了2500公里，从西到东来了个省内游。

　　而山东，总是让我感到无比亲切。

　　说说途中的小插曲。

　　我们离开日照的任家台码头，走了没多远，当车行驶在小路上的时候，忽然从右侧的田间小岔道上骑过来一辆摩托车，开着车的先生可能并未看见，只听见"咣啷"一声，心想不好！这时先生减速停车，我说："你撞了那两个骑摩托车的了。"

　　我们下了车，摩托车上渔民模样的人气冲冲地冲上来，其中一个高个子嘴里叽里咕噜地说着什么，先生说："躲左面那辆车没看见你从右面过来。"我则赶紧跟人说好话，毕竟是我们的不对，毕竟我们是汽车。那个人很恼火的样子，摆出一副吵架的气势，手里拿着一个圆乎乎的铁家伙比画着，可我们没有听懂，不知道他在说什么，侧耳细问了好几遍才听明白，原来他说："你们要是跑我就拿这个砸你们的车。"

哦，原来是这样。我赶紧解释，"我们不跑，跑什么呀？有问题解决问题，你也别火，好吗？"那人边说边撸裤腿儿，我说："对，快看看有没有事儿。"还好，只隐约擦了一点点皮儿，"有没有事啊？要不去医院检查一下吧？"我是发自肺腑的。他说："我不去医院。"接着又是叽里咕噜地大声嚷嚷，先生说：那就打122，让警察来解决。说着就要打，被我拦住了。我跟那人商量，"这样吧大哥，你说说看咱们怎么解决？如果能解决咱就自己解决，解决不了就叫警察来解决，好不好？我们也着急赶路呢。"

这时，看见坐在前座、头发已有些白的老爸一直在关切地回过头看，渔民模样的人突然说："这不车上也坐着老人呢，也知道都不容易，但是……"我继续向他赔礼道歉，并不忘套老乡的近乎，"大哥，真是对不起……我老家也是山东的，都不远，你看，这是放假回来玩的，这不，刚从你们村里出来。"

一听老乡，他语气似乎缓和了一些，蹲在路边，气慢慢地消了下去，"我不去医院，就给点钱吧。""多少钱啊？"我听上去像是说百八十块，但又不能肯定，于是问旁边站着的那位，"多少钱？""百八十块就行。""一百吗？""行。"

我从包里掏出一百，又额外地想要找出五十来，可当我将多出的钱递到那个渔民手里的时候,他却死活不要,我是执意要给他的啊!因为在那一刻,他一定是吓了一跳,不光是他,我的心都悬了起来。就像他看到我们车里坐着老人顿时心软一样,看着这两位受了惊吓的渔民,我的心里也顿时充满了悲悯。可是多出来的钱他们最终还是说什么也不要。

那一刻,我突然感觉亲切至极。因为在那个瞬间里,我仿佛又一次看到了山东人的本色,淳朴,厚道,仗义,你敬我一尺,我敬你一丈。当然,山东人也不是随便可以惹的。

处理完这件事,我们离开了日照。

在去青岛的路上,天渐渐暗下来,青岛的114订房中心帮我们预订了阳光新地大酒店,说离海较近的酒店只有这一家还有房间了。

当我们驱车两小时到达青岛的时候,我查114咨询了山孚、海情等阳光新地周边的几个酒店,果然均已住满,沿路问了几个,也都已没有合适的房间。于是由GPS导航直奔阳光新地。

也许是有些疲倦了,也许是仍在山东的地盘上,阳光新地服务员的笑容让我感到格外亲切,还没入住便多了一份好感。

那是我的家乡的笑容,是一种带了感情色彩的影影绰绰熟悉的感觉。山东,总是让我感到如此亲切。

2009年10月9日

第四辑 差旅人生

天津，再见！

去天津出了个近差，虽然这是第四次去天津，但却是首次深入天津的腹地，近距离地接触天津。

住在天津劝业场附近的闹市区，得以有时间到周边走一走看一看，对天津获得一些感性认识。

夜晚的步行街灯火辉煌，热闹非凡，不亚于北京的王府井，闲闲散散地走在步行街上，挤在人堆里吃一碗爆冰，爬上街中央的马车雕像照相，或是加入十字路口市民们"转财"的行列（劝业场前人们绕着貌似泉眼的圆形铜钱状地面转圈，据说是在"转财"），都是一样的轻松愉悦。

兴之所至，我们甚至打了一辆出租车在夜色中粗粗地游览了天津的五大道，穿梭在租界区一幢幢私密独特的洋房别墅间，出租车司机一路上热情地给我们介绍了它们的由来和典故，仿佛一本活的天津近代史。

据说这一带居住着许多天津的社会名流，而等到白天再路过五大道的时候,却发现这里的许多建筑实际都是闲置的,不知何故。

由于母亲河海河的穿越,桥,是天津的一大景观,然而沿海河到底有多少座桥,就是天津人恐怕也未必能数得清,但有些桥,像两军在此会师、象征天津解放的百年老桥金汤桥却是远近闻名。去空港物流加工区的路上,当出租车驶过保定桥,看到前方耸立的大片住宅,同事问师傅:"像这儿的楼贵吗?"

"不贵!"

"多少钱一平?"

"一万多。"

"那还不贵呢?"

师傅操着天津话慢条斯理地说:"不贵。这都是给有钱人住的,一万多对于有钱人哪算贵呀?!"同事恍然。

也是由于海河的缘故,天津整个城市依水而建,道路分不清东西南北,即便是在建的一些偏远开发区也习惯性地将道路规划成斜的,似乎从心理上影射和印证着天津特色。而这样的规划却也再自然不过。

回京前尝了尝天津的狗不理包子。其实也是受了出租车师傅的启发,师傅说:"应该尝一尝,当年毛主席来了还让警卫员给买来尝尝呢。"

可是天津的狗不理跟北京的店却是截然不同,先不说包子怎么样,其实我这人对吃不太讲究,在北京王府井等各处的狗不理包子几乎都是配粥和小菜的快餐,而天津劝业场附近的这家号称总店的店却不一样,包子虽不像传说的至少10元一个,但店里的菜品却价码不菲,没有粥,也没有咸菜,已非平民吃法,虽依然处于闹市,却丧失了140多年前闹市的小吃风貌,倒是北京的狗不理还保持着其固有的市井风格。

天津的相声却不一样,依然扎根于市井文化当中。不用走远,步行街上就有许多听相声的茶馆,其中最有名的就是名流茶馆了,问出租车司机门票多少钱一张,司机说,想远听就5块,想近看就30,看个人爱好。出于好奇,我的同事晚上9点多钟跑去听相声,看门的老先生说:"马上结束了,快去听吧,不要票了。"同事乐不颠儿地进去感受了一把。据说里面的桌椅摆设均不讲究,大碗茶一拎,坐那儿你就听吧。那儿的相声也和舞台上的不同,要比舞台上的更"俗"一些。

当另一同事打听名流茶馆方位的时候,告诉完他地址,我的这位同事特意嘱咐:"门面很不显眼,你看见了别以为不是啊。"——也许这,才是真正的地方特色和更加原汁原味的民间艺术。

而当谈及当今大红大紫的相声演员郭德纲,出租车师傅颇有点嗤之以鼻:"郭德纲是地道的天津市红桥区人,天津最差的区就是红桥区,你看吧,打架的、喝醉了骂人的、坐车不给钱的全是红桥区的。就郭德纲那样儿的,马路上瞧见打车我都不拉。你看那五官,那相貌……"

此为小插曲。不管郭德纲怎么样(说实话我也不喜欢郭德纲),我已经策划着周末带全家来天津听相声了,虽然传说相声"生于北京",却不可否认地"长于天津",让喜爱相声的先生享受一下地道的天津相声,我们嘛,也顺便感受一下那里的街巷文化。

这一想法得到了全家的一致赞同,孩子奶奶提议坐京津特快——此次天津回北京的城际特快专列,车上我刚翻了半本杂志,火车停了,见旁边不少人站起来,我迷惑地问同事:"这是到哪儿了呀?""到北京了呀!""啊?!这车也太可爱了吧!"是啊,北京到天津,15分钟一趟,29分钟到。

好吧天津,再见!

2009年7月8日

诗画扬州

每个城市都有它独特的气质和文化性格,"诗画扬州"是短短的几日内扬州给我留下的最深刻的印象。

来扬州的当日,入住瘦西湖边的二十四桥宾馆,宾馆条件虽然一般,但走廊和房间里的写意中国画却给人耳目一新的感觉,对于正学国画的我刚刚好,驻足画前,刹那间获得一丝喜悦的感觉。

乘兴漫步至瘦西湖边,领略了著名的二十四桥景观,"青山隐隐水迢迢,秋尽江南草未凋。二十四桥明月夜,玉人何处教吹箫。"杜牧的这首诗不亲临现场是无法全然感受其中意味的。

扬州是诗人、艺术家的天下,文人骚客留下的千古诗篇有几千首。"天下三分明月夜,二分无赖是扬州。"坐游览车时,女司机对于"无赖"的解释最为可爱——她说,"无赖"即"不赖",言语之中,流露着对于扬州的衷心热爱。

扬州人说,扬州是需要慢品的。我很想去看看扬州八怪纪念馆,领略一下大家的真迹,但终于没有抽出时间。在扬州的几日,虽然天天忙于工作,没有工夫细品这座历史文化名城的深厚底蕴,但我发现,宾馆酒店会议室,扬州无处不诗画。不管在哪,目之所及,都能见到中国画,有山水,有人物,有花鸟,虽然不一定是名人所作,但却是清一色的流畅雅致——谁说挂着名人画才叫真风雅呢?书画的平民化,更能体现一个城市深入骨髓的诗画情结。

当这种感觉扑来,我忍不住给我的国画老师发短信:"画画应该来扬州,直觉感到书画是扬州性情和血脉自然的一部分,是历史和时光浸润出来、占尽了天时和地利的熏染与传承。宾馆酒店会议室,扬州无处不诗画,与他处,包括北京,明显不同。仿佛一种基因的传承——扬州就是书画的扬州、诗画的扬州。北京的书画可能会汇聚各地的名品,但不是自身本具。而扬州不同,骨子里就有。"老师同意,而且认为文化繁荣依赖经济发展。扬州虽也经过几度兴衰,但自古属于富庶之地,京杭大运河穿城而过,孕育了扬州风物繁华的商业文明,也培育了扬州长盛不衰的诗画性格。

进得饭厅,迎面一幅李白斗酒图,"李白斗酒诗百篇,长安市上酒家眠。天子呼来不上船,自称臣是酒中仙。"给人的感觉酣畅淋漓,人生在世,就是要活得洒脱快活。

陪同我们的扬州本地人说,扬州人都喜欢在家里挂些字画。我们没有机会深入扬州人家,但彼时彼地,依然受到感染。当清晨起来,窗畔响起鸣蝉,即兴诌诵《鹊桥仙·下扬州》:

> 瘦西湖旁,
> 东关街外,
> 遍寻扬州八怪。
> 一任鸣蝉伴清风,
> 二十四桥今犹在。

御码头边,

辉煌衰败,

心潮几度澎湃?

眼下笙歌连绵起,

风物繁华似无赖。

我没有找到扬州八怪,但似乎处处又都是八怪的影子,不仅可见,而且可触。于是去广陵区(广陵是对古扬州的称呼)开会的路上,即兴又诌打油诗:

淮左名都誉天下,

我来广陵值仲夏。

遍寻八怪虽未得,

扬州无处不诗画。

2013年7月24日早,怀柔全国宣传干部学院

平淡常州

这是第三次去常州,如果说前两次去对常州没有印象是因为待的时间短的缘故,那么这次在那待了一个礼拜,再无印象是否就有些说不过去了?而我对常州的印象的确如此。

没有山,没有水,没有独特的建筑,接触的人也都说着尽可能标准的普通话,车行驶在路上,不远处的楼房如北京一样的笼罩在雾霾中,阳光无法透亮地洒落下来,那么我将拿什么来记住常州呢?疑惑地问当地人常州有何特色,满心希望当地人能回答出一二来,不料当地人说:常州的特色就是没特色。我也觉得,这大概是对常州最恰当的概括了吧?

平时天南地北地往来穿梭,虽各处都免不了走马观花浮光掠影,但每到一处,也都能很快捕捉到当地的一点独特的韵味和气息。坦率地讲,至今还没有一个城市像常州这样让我感觉平淡如水。在常州的几日,终是无法提起特别的精神和兴致。

闲谈间常州人多次提到常州最近被评为花园城市,但在商业评选泛滥的今天,似乎已没有人在意这类奖项,也没有人再去追问这结果从何而来,政府有关部门的人士却于闲谈中说起常州的节能减排被亮了红灯,从直观的感受,这个倒是似乎更为可信,因为游走在常州的街头,并未见到所谓花园城市的一点迹象,更多的还是烟尘笼罩的烦闷和清一色的平淡。

对一个城市怀有如此的印象是有些遗憾和抱歉的。但印象的获得常常不由自主。对一个城市爱与不爱,有时候大概得看缘分了吧。

不止一个常州人夸赞常州的美食可口,称虽无特色,却是萃取了各地精华,所以很多的常州人就守着常州享口福。但我对常州的美食竟也无动于衷,我觉得它就像常州这个城市,或者像宁波菜或上海菜一样平淡。当常州人陶醉于那些美食的时候,暗地里我却觉得还没有过瘾——到底缺少了什么?我不得而知,或许是重庆菜的那一点热烈和火爆吧?

临回北京的头一天有人曾提议去中华恐龙园,但据说那个园子虽然著名,知名度甚至盖过常州,里面不过也如迪士尼或欢乐谷一样是适合儿童玩耍的游乐园,所以想想也就算了,还是早一点回北京吧。

三去常州依然怀有如此的印象,始料未及,但其实也无妨,因为毕竟我不是常州人嘛,不需长居于此。相信安居于此的常州人会继续享受并乐道它的美好。

2012年12月3日,北京

我与石家庄擦肩而过

这是第二次来石家庄。动车到站已经是晚上8点多钟，站外黑咕隆咚，什么也看不清，只有比北京还冷的冷空气扑面而来，即使穿过石家庄的夜色一路来到酒店，对这个城市还是没有什么特别的印象。而我们第二天的所有安排都是猫在酒店里开会，所以我想，我跟石家庄又要擦肩而过了。

第一次来石家庄是十多年前，做一个关于海尔售后服务的电视节目驱车来到石家庄的一户人家。记得那户人家住得有点偏，几经周折七绕八绕地才找到，办完事就匆忙离开了，我们与石家庄的所有过往也只不过是穿过了它的一些并无特色的街区，浮光掠影都谈不上。这就是我与石家庄的第一次会面了。

而我与石家庄的擦肩而过还远不止这些，记得从北京回山东老家的路上，无论是坐火车还是开车，好像中途总能看见石家庄的名字，这个名字在火车站的站牌或高速路的路标上被我看了许许多多年，而我于它，却始终都如过客般匆忙，每次都不无例外地与它擦身而过了。如此来来去去，去去来来，它也始终游离在我的心灵疆域之外。

是的，或许这一切都只是一个过往而已。此时，虽然身处石家庄，在不知位于石家庄哪个方位的燕山大酒店写着字，但石家庄在我的脑子里还是一片空白……

是的，缘分需要积累，需要机缘，而我与石家庄的机缘或许还未到来。

2010年1月6日

印象沈阳

对于沈阳原本没有太多的期待，出差前在网上查了查有关这个城市的资料，似乎也没发现有什么特别，当晚上10点多来到这个城市，沿路看到的景观和其他城市并无太大区别，无非就是一些作为城市通用符号的高楼大厦和车水马龙，马路不过度地宽也不过度地窄，总之我对它并无太多感觉。

接下来的一天又像往常一样泡在酒店的会议室里，忙于履行工作职责，没有一点空隙能够出来透一口气，或感受一下这个城市的气息。而一个城市的魅力往往就在这个城市的人间烟火之中。

想起有一次和同事在南京出差时同事说过，不管到哪，只要有时间他一般都会出去走一走，看一看，哪怕是沿街走上个10分钟20分钟，增加一点对这个城市的感性认识。我觉得很有道理。

不知道为什么，我对出差实际上是有些抵触的，尤其是对于频繁往返的城市，那就更是没有一点兴致了。不能说每次出差都是迫不得已，但至少不十分情愿，所以每次不管到哪都是匆匆地去，匆匆地回，似乎很少能享受到出差的乐趣。

但现在我也在试着转变，既然有些出差不可避免，为什么不去享受彼时彼地的风物人情呢？虽然出差仍然会有归心似箭的感觉，仍然会如闺女期盼的那样尽可能"早一点早一点"地回来，但工作的间隙我也能够像同事那样尽可能地走一走看一看了，多一些对这个城市的了解，比如在重庆，晚饭前的一会儿工夫，我还能绕滨江道独自兜上一圈，看看江边打牌聊天的人们，登机前的两小时还能打上辆出租车到瓷器口拍些照片回来……我开始学会用另一种方式打发和消磨时间了。当然，像此次的沈阳之行，时间、条件不允许的除外。

世间的机缘很多，有时候又是有限的，比如此行的沈阳，如果不是因为出差，我想我是没有计划要来这个城市的。

2010 年 5 月 29 日

爱憎哈尔滨

快到太平机场的时候,从飞机上往下望,哈尔滨的版图如草原般开阔,大片的绿地,蜿蜒的河流,被夕阳蒙上了一层温暖的色调,那幅景象显得温润而又祥和。这就是北国冰城哈尔滨吗?

随着飞机的下降,那条看上去越来越宽的河流就是松花江了?

未与滨城谋面,先行接触了滨城的郊外风光,润泽妩媚之中,透着大美与苍莽。

假如没有先入为主的印象,直观的感觉我应该是喜欢哈尔滨的。而对于哈尔滨的不良印象始于几年前与哈尔滨出版社的一次私人合作,图书白纸黑字的擅自再版和对方的死不认账、能奈他何的态度曾使我对哈尔滨的印象差到极点。

来哈尔滨的当晚,我们四人结伴去中央大街。一位路人对我们说,中央大街离我们所在的新巴黎不远,打车只需9块钱。打上了出租车，一路上同行的女士不停地问司机有关哈尔滨的情况，我们也不时谈及即将见到的哈尔滨著名的中央大街，就这样车越开越远，直到我们觉得不太对头，感觉不像路人说得那么近。

"不是说9块钱左右的路程吗？"

"可感觉怎么这么远哪？"

司机对我们的疑问置若罔闻。又走了一阵，我问："师傅，咱们什么时候能到啊？"司机不语，像是没听见，坐在前排的朋友补充道："中央大街什么时候到？"

"哦，不是故乡大街啊？"这时司机才像是恍然大悟，一边准备调头一边说，"我以为是故乡大街。"

本来时间就不早，又白白地跑了这么久，9块钱的路程打出20多块。无语。

朝着松花江的方向沿着中央大街草草地走了一趟，这条充满欧洲风情的古街确实很有味道，时间的关系，路边的商店、两侧的大排档我们都没有去，只是想象了一下三五好朋吃着烧烤喝着小哈啤的惬意淋漓。街上显得有点乱，因为有光着膀子的男人街头混混般地无故跟你搭讪，还是赶紧闪开为妙。我不想说东北人在我的印象里本来就有点野蛮。

离开中央大街，没想到打车成了一个难题。先是被一位出租车司机拦住，说20块，走吗？我们不走。四个人站在马路边，眼看着无数辆空车驶过，无论你怎么招手，却无一停下来，更让我们感到不解的是，很多车越过我们，径直到不远的一位或两位面前停下。还有已经拉了客人的车也会停下来问两两打车的人去哪儿。

后来我们明白了，司机喜欢拉一两位的，他好拼车挣双份，而我们四位看来是不受欢迎的。我们两两分开尝试一下，立刻就有车停下，但见后面又跟了两位过来，司机立马又改口说："我拉不了了，得接我媳妇去。""师傅，反正我们四个人，您就说多少钱吧。"司机于是又有缓和，说："30！"

呵呵，一个比一个黑，生意没讲成，但我们已经有了经验，两两分开又打了一辆，不等司机反应过来拉开车门就上，后面两位快步跟上，四个人三下五除二快速上了车，这位司机开恩，就没好再推脱了。天哪，在哈城打车实在不易。

对于哈尔滨的另一印象来自博友"冰城馨子"，摄影爱好者的馨子用镜头给我们呈现的冰城是色彩斑斓的，精致中带着华丽。我不怀疑哈尔滨的美，但在哈的两日我却一直在想：假如哈尔滨的人文之美能与它的自然之美相匹配，那将是一件多么愉快的事啊！

来哈的第二天，我们集体游松花江，并在松江湿地的游轮上看了节目，进了晚餐。游轮的顶层甲板上，我们和同来的两位哈尔滨男士坐一桌。两位对我们很关照，席间热情地向我们介绍他们的小哈啤、玉米浆，由于人多，游轮上的服务员上菜不是很规律，但每次他们都坚持女士优先，其中一位自己的三文鱼始终没上,还特意对手忙脚乱的服务员说:"我们是哈尔滨的,她们是客人,要将她们照顾好。"那一刻,对哈尔滨人的不良印象才稍稍地抵消了一些。

不喝酒的我松江之上也品了品小哈啤,和我在青岛啤酒街喝到的青啤、天津起士林喝到的德啤一样好喝(呵呵,不要笑我外行啊,外行能喝出好喝,却是喝不出区别的),入乡随俗,彼时要的可能就是一份心情和感觉。尤其当码头上大秧歌扭起,大东北的气氛便被烘托到了极致。

而游船之上,歌手的一曲《我的哈尔滨》却也感人,纵情表达了滨城人民对于自己城市的热爱……

憎也哈尔滨,爱也哈尔滨。

2011年7月29日早,哈尔滨和平邨宾馆

感受大东北

一、在希望的田野上

北京到哈尔滨的高铁上埋头看书，当列车驶过盘锦时，偶然抬眼窗外，看到的是苍翠的树木、碧绿的农田和依稀的农舍，全然不见了城市的喧嚣与闭塞，心也于那一个时刻兴奋起来，目光刹那间也不再停留在书上了——我们已有太久没有看到田野，已有太久没有接过地气，已有太久没有嗅闻泥土的芬芳，已有太久，没有过如此开阔的视野、兴奋的心情和自由的想象了！

我合上书本，目不转睛地望向窗外，舍不得错过这世上已经少有的绿。从盘锦到沈阳，从沈阳到铁岭，只见农田的面积越来越大，连成一片，绵延不断，从眼前直铺天边，我敢说这是我迄今看到的最大的一片绿地了！由于车速很快，我无法确切地辨认清楚这大片的农田里栽种的是玉米、水稻还是别的什么，但当列车驶过铁岭，我看到庄稼丛中竖着一块醒目的牌子——"铁岭大米基地"，噢，原来我们往日从超市买回的东北大米，我们的盘中之餐，就产自这广袤的东北平原，产自眼下这块丰腴的土地啊！不觉间对这土地，对这田野，更多了一份亲切与欣喜，一份敬重与感激。这一次，我真切地见识了东北的黑土地，见识了这土地给予人们的丰厚馈赠！

大片的绿田依然绵延不绝，从铁岭到长春，从长春到扶余，再到哈尔滨，几个小时里，一刻也没有停歇，我的目光也始终没有移开，窗外的绿田时而平坦，时而起伏，墨绿中透着旺盛的生命力，一望无际，蔚为壮观。偶有红瓦的农舍点缀其间，亦被广阔的绿野衬托得稀稀落落，油画般美丽。想起过去在瑞士旅游时，金色列车的窗外才有这般怡人的景致，然而那是经过人工修剪的草坪，这是东北人辛勤耕作、供养千万人生存的黑土地，这一方水土，与他们相依为命，世代共存。将镜头拉近，则颇有一点"采菊东篱下，悠然见南山"的意境——抛开高楼的遮挡，置身田园，会心四野，使灵魂得到舒展，是幸福的。如许巍歌中所唱："生活不止眼前的苟且，还有诗和远方的田野……"冲破樊篱，回归无限，才是我们本有本在的方向。

大片的墨绿之中间或出现大片的嫩绿，毯子般平坦，又饱含了勃勃的生机和阳光的色调。有时能看到依稀的沟渠，在稻田间蜿蜒远去,这是人工的创造,亦是自然的赋予,是上天对这一方人辛勤耕作的厚爱与回馈,这满目盈盈的绿和丰收在望的态势,让他们心安从容,怀有希望。想到这里,脑海中响起:"我们的家乡,在希望的田野上……"那希望的田野,就是眼下这一片美丽的黑土地吧!

2017年7月17日晚,哈尔滨全季酒店中央大街店

二、"喀秋莎站在峻峭的岸上"

与哈尔滨的渊源可以追溯到十几年前在哈尔滨出版社出版专访集,几年后出版社竟擅自将书更名并再版,印象很不愉快。再后来,出差到哈市,晚饭后和同事打车到中央大街,那司机将我们带到偏僻处绕来绕去绕了很久,绕得大家心中生疑,但人生地不熟还是保持了克制。其间司机跟别人通电话,语气中透着粗鲁,颇有点黑社会的味道,这印象也不愉快。

基于这些印象,哈尔滨归来我曾写过一篇随笔,叫《爱憎哈尔滨》,可以说心情复杂。

然而,哈尔滨还有美丽的松花江,它不问人情,不问世故,不问人间好恶,日复一日奔流不息,保持它天然固有的

独特气质。哈尔滨还有浓缩了百年风情的中央大街，它以自己独特的语言，异样的情调，述说着这个城市的百年过往。所以，在策划与老人、孩子一起东北之旅时，我又把它列入了其中——我们不能以一己的际遇和印象来框定一个城市，给它以偏见——我愿意重新认识它，也希望老人和孩子能有一个美好的旅程。

我们特意将酒店订在了中央大街旁边。入住哈市的当天下午，放下行李就迫不及待地拜会了这条百年老街。坑洼并被踩踏得明晃晃的老砖地面，满大街的"秋林·里道斯"，随处可见的马迭尔和大列巴，不绝于耳的《喀秋莎》，瞬间将人们的思绪勾回到从前，勾回到从前那个流放者的集聚地，《喀秋莎》抒情中带着淡淡的忧伤，伴着人们的幻想弥漫了整条大街。昔日那远离家乡、拉琴乞讨的俄罗斯艺人哪里去了？那天涯沦落、流亡至此的德国人、法国人、英国人、瑞士人、土耳其人哪里去了？那为躲避迫害、避难于此的犹太人哪里去了？那望眼欲穿、焦急等待的善良的姑娘喀秋莎最终盼到了她亲爱的人了吗？

今天的中央大街上，更多的是在此漫步游览的人们，其中不乏如我们一样的游客，怀着兴致慕名而来，拍几张照片，带一点红肠，买一支冰棍儿，吃一顿西餐，或听一场露天音乐会，抚今追昔，感受这条著名街道与众不同的独特韵味。

当溜达到华梅西餐厅前，女儿和爷爷停下来品尝那里的小吃，而我则欣喜地发现了它旁边的书店——中央书店——一条大街，有了书店，便有了灵魂，有了书店，便立刻变得丰盈饱满、充实可爱起来。而书店对我来说，则是不容亦不会错过的城市最亮丽的风景。我喜不自禁地走将进去，最前面摊位上摆放的醒目标语——"爱上一本书，恋上一座城"，刹那间又将我击中了，这标语诗意，浪漫，耐人寻味，有着许多联想的空间。而几乎也是在那一刻，我一眼选中了阿成的《哈尔滨人》。虽然如很多不解风情的卖书者那样，塑了封的书这家店的工作人员亦不让拆封翻看，但冲着它的作者阿成，冲着"哈尔滨人"，我还是毫不犹豫地将它收入了囊中，而且满心的喜悦亦于刹那间冲抵了抱怨，以至于又走了半条街，我的思绪都未从"这本书""这座城"里走出来。虽然因十几年前自己的一本书与哈尔滨的交集并不尽是愉快，但一个城市能与书结缘，毕竟是值得欣慰的。

我们如此地闲逛，直至走到街的尽头，看到傍晚时分烟雾迷蒙的松花江、乘船的游客，以及江边休憩的人们。

等我们从江边返回的时候，看到中央大街行人越来越多了，老街变得愈加地热闹起来，昏黄的路灯亮起，更给这条老街加添了朦胧的情调，不疾不徐，悠闲自在。

和几年前我看到的一样，店铺前略微开阔的大空场上，画素描的画家齐刷刷地排成一排，支着画架，放着椅子，画家戴着眼镜，或蓄着长发，为过往的游客画像，而坐在画家的对面，被昏黄的灯光映衬着的，有淑女，有儿童，有怀着好奇的年轻人——而这，几乎成了中央大街的一景，在文艺复兴发源地、绘画已成风习的佛罗伦萨我也不曾看到如此壮观的景象啊。

颇富格调的音乐雕塑前，随意又似有心搭建的舞台之上，拉琴的女孩，吹管的老人，为音乐发烧的激情澎湃的年轻人也都陆续到位，在调弦或试音了。旁边已围了来来往往、稀稀落落的听众，有的驻足等待，有的继续向前，轻松闲散，自由随意。而歌者却旁若无人，独自忘情，表情散淡，自足又略带高傲——是的，这不是卖艺，是消遣和享受，是源自内心的陶醉与热爱，或是哈尔滨人日常生活的一部分。忘情地享受艺术是幸福的。若将这幸福与人分享，让这欢乐感染到更多的人，那内心的幸福与欢乐便是加倍的了。

在路的中段，忽而一段清新悠扬的乐曲飘来，四处打望，见路的中央有众人驻足，朝一栋欧式小楼的上方凝神仰望，只见二楼窗口的小阳台上，有一个衣着整洁的外国男人手抱风琴，安静地演唱，肃穆，优雅，意味深长。恍惚间仿佛回到了昔日的哈尔滨，回到了昔日的中央大街，在那战火纷飞、动荡不安的岁月里，音乐，曾经抚慰了多少流放者思乡的心绪，慰藉了多少流放者孤独的心灵啊！从一百年前俄罗斯人在这里引进"远东第一交响乐团"，这座城市就与音乐结下了不解之缘。在这里，曾经上演了世界著名的歌剧、交响乐、芭蕾舞剧和室内音乐会，上演了西方主流音乐和俄罗斯民族音乐系列经典作品，排遣了外乡人的寂寞，亦培养了哈尔滨人的音乐口味和音乐素养，陶冶了哈尔滨人的艺术情操。在生于哈尔滨、长于哈尔滨的阿成看来，这是哈尔滨人优雅文化品格的表现，渗入了普普通通哈尔滨人的日常生活。

虽然两次到来我都不曾赶上远近闻名的"哈尔滨之夏音乐会"，但因缘际会，从这条百年老街，我似乎又已经鲜活地领略到了哈尔滨作为"音乐之城"的艺术魅力。

> 正当梨花开遍了天涯
> 河上飘着柔曼的轻纱
> 喀秋莎站在竣峭的岸上
> 歌声好像明媚的春光
> 喀秋莎站在竣峭的岸上
> 歌声好像明媚的春光
> 姑娘唱着美妙的歌曲
> 她在歌唱草原的雄鹰
> 她在歌唱心爱的人儿
> 她还藏着爱人的书信
> 她在歌唱心爱的人儿
> 她还藏着爱人的书信

啊这歌声姑娘的歌声

跟着光明的太阳飞去吧

去向远方边疆的战士

把喀秋莎的问候传达

去向远方保卫祖国

把喀秋莎的问候传达

驻守边疆年轻的战士

心中怀念遥远的姑娘

勇敢战斗保卫祖国

喀秋莎爱情永远属于他

勇敢战斗保卫祖国

喀秋莎爱情永远属于他

……

告别男歌者,《喀秋莎》又在耳边回荡了,此时的中央大街已变得愈加迷人。

2017年7月18日,哈尔滨全季酒店中央大街店

7月28日,北京

三、诗意的白桦林

如果说北京至哈尔滨的列车上领略了东北大平原的广袤无边，那么哈尔滨至漠河的列车上则一路饱览了大兴安岭的美丽浩瀚，继而发出了不坐火车，枉来东北的感慨。

两侧的白桦林唰唰地远去，呈现给到此一游的我们满眼的碧绿，我们乘坐的K5139次绿皮老火车"咔嗒咔嗒"地穿行其间，仿佛脱离了时空的轨道，在茫茫无边的原始森林和没有尽头的绿色隧道中畅然遨游，全身心地与天地联结，领受大自然的恩赐与奖赏。终日被电脑屏幕和灰色高楼阻隔的我一刻也不愿错过这神妙的景致，不愿错过往日只在宣纸或画布上臆想和向往的生机勃勃的绿意，不愿辜负大自然的慷慨馈赠。面对真实的风景，面对真实的原野，面对大自然的伟力渲染出的无限生机，我的目光一刻也无法移开，我的注意力一刻也不愿转移——我不知道怎样才能留住，留住这美妙的时刻，这神奇的感觉，我想倾尽全力去融入，化作其中的一片，或者一棵，接受阳光或者风雨的洗礼。

窗外的白桦树密密麻麻，大小参差，一棵紧挨着一棵，诗意地直立在铁路的两旁，在风的摇摆中仿佛能听到"哗啦啦"的声响，白色的树干无时不在勾起浪漫的想象——如果真如人们所说，每一片白桦树的树皮上都可以作诗寄情，那么大兴安岭的白桦林将会寄托多少的诗情画意和美好情怀啊!而白桦林,的确给夏日的大兴安岭带来了无限的诗意。其实不仅仅是夏日,可以想见,若是到了秋天,当白桦树的叶子纷纷变黄,在阳光下闪着耀眼的亮光,那又是怎样的绚烂与诱惑?

白桦树是柔媚的树。在繁茂的密林之中,不时的也有三两棵树倒下,不知是被山洪冲击,还是被暴风雨摧折,随意地斜卧或横躺于树林之中。然而这顺其自然的一切展示给我们的,恰恰是大自然不加雕琢的原生态的美,是沾染了阳光雨露、日益罕见的另一种景致——在城市里,在闹市中,在人为制造的貌似伟大的景观里,我们已经难以看到如此的天然和天意了,已经难以看到如此的顺遂和坦然了,已经难以看到如此的自如与自在了。唯在此地,唯在自然的感应与召唤中,唯在天地的混沌与融合中,我们的心灵才真正地得以舒展,我们的内心,才真正地感到快乐。

这一刻,就让我交付于你吧。

阳光下的白桦林恣意地生长,铺展向一望无际的天边,随着山岭的走势高低起伏,在远方呈现出优美的弧度。这时的天已是北京见不到的湛蓝了,晶莹通透,朵朵白云任性地变幻着形状,投射到莽莽的绿野之上,映衬着天底下的山岭和林木,放眼四野,博大苍莽,心情刹那间完全放飞,驰骋于自由的想象和无边的欢喜之中了。

我们因错过飞机而改乘的暑期临时加开的K5139次老火车带着时间的力量，一分一秒缓慢地行驶在这无边的原野中，而留恋眼前的景致，我的内心却在默念着：就让它慢些，再慢些吧。

2017年7月20日，漠河金马大酒店

四、意向漠河

对于很多游客来说，漠河只是个过路站，他们拖着行李从漠河县城下了火车或飞机，不作停留，直奔北极村。当然，如此的行程也许不无道理——漠河不是一条河，正如阿尔山不是一座山，早在哈尔滨时我就修改了"坐船游览漠河"的行程。从网上的旅游攻略看，漠河县城中只有一个森林公园，一个五·六火灾纪念馆，似乎也很难引起太多人注意。但我们早在北京时就预订了一晚漠河的酒店，计划在这儿住一宿，一是考虑带着老人和孩子，一路的奔波之后在此逗留休息；二是既然千里迢迢地来了，其间还可顺便游览一下小城——假如就此将其忽略掉，总归有些遗憾。

而且天公作美，不是天天都有，只有天气好、游客人数达到一定数量才上演的音舞诗画剧《意向·漠河》这天也恰好要上演。离开哈尔滨的前一晚,当我通过114查号台将电话打到漠河县文化局,继而通过文化局工作人员的热情介绍,又打到卡团长手机上咨询有无演出的时候,卡团长操着东北口音热情洋溢地回应:"有演出,来了找我拿票吧。"这个消息令我十分高兴——我相信,这个当地文工团编排的演出一定能给我们的旅行增添别样的色彩——艺术,尤其是本土的艺术,是了解当地历史、文化和风土人情的一个鲜活的窗口。它让我想起过去在延安看的歌剧《兰花花》,撕心裂肺的呼喊喊出了大西北的耿直与凛冽,喊出了贫瘠苍凉的生态之下,延安人顽强的生命意志和情感磨砺,在无限的震撼之中,顷刻间我深刻地了解了那一方水土和那一方人。那么《意向·漠河》呢?它又将以什么样的形式,给我们带来什么样的思索与触动呢?我的内心充满了期待。

然而接我们回酒店的出租车师傅一路上却在不停地游说,希望我们包他的车直接去北极村,认为在此逗留是"浪费时间"。本来意志就不坚定的女儿和她的爷爷差点就被说动了,在我的坚持下,才没有更改订好的行程,而且酒店已经全额付过款,临时变更也不可能了。

我只希望漠河,希望当晚的《意向·漠河》给他们带来不一样的感受。

时间宽裕,我们在酒店作了充分的休息,美美地睡了一觉,将疲劳彻底消除了之后,出门到街上溜达,寻找城中森林公园,参观五·六火灾纪念馆,然后找卡团长拿票。经打听,得知这三个地方原来集中在一处,十分方便。

出得门去,发现小城不大,正如出租车师傅所说,总共才有三条街。这里的气温十分凉爽,街上行人却不多,加上少有高楼遮挡,街道更显得空空荡荡。街的拐角有一些摆着小篮小筐卖蓝莓的妇女,就地坐在地上闲谈,见有人经过,热情地伸出一个装满蓝莓的塑料小盒,供游人品尝,推销。我向她们询问松苑公园怎么走,其中的一位顺手一指,前面是条笔直的街道,朝着那个方向未走多远,就看见路边一片苍翠的树林前立着的一块大石头,上书"松苑"二字,想必这就是松苑公园了。本来我们是想找公园的大门儿来着,以为还会有门票出售,不曾想公园是完全敞开的,四面临路,没有围墙,从四个方向均可进入,没有一点人为圈占的痕迹,就像杭州的西湖,保持了自然、城市与人的天然联系,于是刹那间也给了我许多好感。

而这个公园说起来也十分神奇,1987年5月6日,大兴安岭的漠河县燃起一场森林大火,熊熊的火势迅速蔓延,在这里一直燃烧了28天,漠河县几乎被洗劫一空,人们在奔跑逃生,山岭在哭泣,森林变成了乌鸦鸦的一片……大火停息后,当避难出走的人们返回家园时,家园不在了,却意外地发现竟然还有一片原始森林在漫天的大火中丝毫未损,昂然挺立在城的中央,这就是今天我们看到的松苑公园。如此神奇的地方，如若真的错过，难道不觉得可惜吗？那一刻，我深深地感到，我们留下来是对的。

顺着大石头往里走，是一片郁郁葱葱的树林，黑色的树干，默然的神情，苍劲，伟岸，直耸云天。傍晚的阳光从树干和枝叶间悄无声息地洒落下来，静谧安然，给沉默的森林罩上了一层温暖的色彩。顺着树木的走势，这里铺了一些弯弯曲曲的石头小路，供游人观赏漫步，与自然对话，或者聆听树木律动的脉搏。很多大树的标牌上都标明了树木的名称、科目和树龄，有兴安落叶松，也有樟子松，但均是清一色的高大直挺，笔直的树干以高过人类数十倍的尺度径自伸向天空，给人一种无形的肃穆感。虽然高大，但乍看上去并不粗壮，仔细瞅去，碗口粗的落叶松却又大都在百年以上，有的达到200多岁，它们的见识，已经远远超越了现存的人类。抚摸着这经历了百年风雨的老树，霎时间肃然起敬。而孩子的爷爷则搂着其中最大的一棵，沉默良久，待走近了，才知老人原来在流泪。他在对着大树倾诉，还是在祷告？是接通了天地的灵气，还是听到了森林的述说？此情此景，我想，我能理解这大自然的感应与感召。而自己，刹那间也陷入遥远的思绪和赤诚的沉默之中了。

我相信，这片大火中幸存的森林，是一片神奇的、有故事的森林。也是一片我爱的森林。

森林的旁边，一路之隔就是五六火灾纪念馆，再现了

30年前那些惊心动魄的时刻，用血淋淋的现实警示人们，星星之火，即可酿成大祸，森林防火是头等大事！大兴安岭发生火灾的那一年我正在读中学，至今记忆中还有烈火熊熊燃烧的电视画面，没有想到多年以后，那片曾经不知所在、遥不可及的着火的森林竟然就在眼前！而今天的森林，已是大火之后，废墟之上重新生发的根苗了，叹息之余亦禁不住感慨，大自然终是有着不息不绝的自生能力，正如千万年前，它就在大地上播撒了万千树木的种子，给地球带来无限生机。

当我去纪念馆旁边的宣传文化中心找卡团长拿票的时候，无比亲和的卡团长闲聊中也给我讲起了亲身经历的那场火灾。她说当时她15岁，烟雾中城里的很多人捏着鼻子往外跑，有的跑向大河，有的跑向大路，我问："那您呢？"她说："我的父亲当时有辆车，他开车带着我们往内蒙方向走了，那里没有过火。""那些人都存活下来了吗？""没有全部，烟太大，有些人是在烟雾中窒息的。"至今听来依然心惊胆战。卡团长告诉我，大火过后，他们的家也没有了，如今的漠河县是灾后重建的漠河县。这让我想起了唐山大地震，想起了地震过后，唐山呈现的那片废墟，天灾人祸，使遭遇了劫难的城市充满了悲情。

而卡团长的言谈间却洋溢着热情，听说我专门为这演出在漠河留了一宿，80元的门票她愣是以50元卖给了我，听说我带着女儿来，还特意给女儿免了票，她对售票的工作人员说:"正好是暑期,学生就不要票了。"真是应了在哈尔滨时,一位在大庆工作的同学说的一句话:黑龙江北面的人还是挺好的,民风普遍朴实。至少眼前的这位卡团长让我内心感觉热乎乎的,票拿在手里我对她说:"以后到北京联系我啊。"

而这场演出,则将我们在漠河的活动推向了高潮。多媒体的制作结合摄影,不仅将漠河的好山好水好树木展示得一览无遗,文工团的演出也将漠河的人文历史和文化性情表达得淋漓尽致。从铁道兵和知识青年进驻林海,到闯关东的人们开垦荒田,从北方的雪到北国的冰,从鄂温克鄂伦春,到颇具神秘色彩的萨满舞,从观音寺到胭脂沟,从火灾到重建,或明快或黯淡的过往历历在目,《一路向北》则打出漠河县与众不同的标语,与北极村响亮的旅游口号相互吻合印证,凸显漠河特色……是的,我听到了漠河人民热情的召唤:"来吧,朋友!欢迎您到神话北极——漠河,让我们拥抱绿色,呵护生态,亲近自然!让我们与生态握手,魂系群山!与绿色握手,留住春天!"演出一个多小时,却将我们的情绪全然地调动了起来,不由得跟着剧情一起激动,一起兴奋,一起享受,一起深思,将双手举过头顶,为漠河欢呼,为演员喝彩。经过了这么一场洗礼,我们以后的旅程将会截然不同。孩子和她的爷爷脸上也都现出了满足的神采。

走出剧场已经将近9点,而天还没有黑下来,北京的朋友圈已经在发夜晚的消息了,而这里的人们还在晚霞的映照下跳着广场舞,一两个小孩儿轻盈地穿梭其间,快乐地滑轮滑,这时我忽然记起:对啊,这是在漠河,中国的最北端啊!

2017年7月29日,北京家中

五、寂静的森林

在漠河县住了一宿,第二天一早,包了一辆出租车奔县城西北的小村落洛古河,开始了我们在漠河第一站的行程。

车行驶在郁郁葱葱的森林树木之间、碧空如洗的蓝天白云之下,看着一棵棵松树从窗外快速掠过,一片片松林迎面而来,开始了又一场心旷神怡的绿色博览。

在城的边上,路的两边,不经意间看到一片舒缓的绿田,有一两个人背包站在其间,不知道是山里人还是旅游者,不知道在劳作还是在欣赏,司机吴师傅说这里长的是野生的蓝莓。噢,敢情我们前一日看到的许多人沿街摆卖的蓝莓就是如此采来。他说现在还不到蓝莓成熟的季节,吃起来是酸的,大约要到8月10日前后,大批的蓝莓就上市了。靠山吃山,漠河也就此发展起自己的蓝莓工业,蓝莓汁、蓝莓干等蓝莓加工产品在商场超市、街边摊点随处可见。

然而漠河终归是人口稀少,平日的大街上几无人影,蜿蜒的公路上更是人迹罕见。无遮无挡,无阻无碍,车速自然地加快了许多,和心情一起荡漾起来,内心响起欢快的节奏,和眼前的景色相合相契——前方是明媚的青山,窗外是无尽的松林,四周是洁净的空气,头顶是湛蓝的天空,天边的云彩不停地变幻着形状,时而压得很低,时而空旷辽远,阳光通透地直射下来,将森林和山岭照耀得清新明丽……想起北京的雾霾天,想起都市的人声鼎沸,置身这天然的大氧吧,感受舒缓平静的节奏,我深感幸福,又叹时光短暂——我只不过是一个匆匆而来匆匆而去的旅者,此时此刻,唯有抓住机会,深呼吸,深呼吸。

路边的落叶松默然直立,几百年来在这里站成深沉、伟岸的姿态,历经风雨,不喜不悲,不摧不折,在我们途经的时刻向我们注目,与我们相遇,道不尽的往事情怀,化作一抹黯然的神色和勃然的生机,化作这山岭之上苍苍莽莽的森林原野、沟沟壑壑。白桦树参差其间,在落叶松参天的枝叶下形成另一个优美的层次,白色的树干调节着森林沉郁的气息,使之欢乐明快,柔软妩媚,诗意盎然。什么时候,我也能够回归绿野,与大自然同频同在,同欢同喜?什么时候,我也能够离开都市,与天地相融共通,回到源头,返璞归真?

如此地行驶了很远很远,遐想了很久很久,前方的道路上,一辆摩托车映入眼帘,走近了,看到一个面庞黝黑的男人载着一个头戴遮阳帽、脸蒙纱巾、全副武装的女人,风驰电掣般地行进,摩托车后座的两边搭载着大桶、布袋和一些杂物。师傅说那是"采山儿的",一开始我没听明白,后经师傅解释,知道他们是进山采野生蓝莓的人。"两口子,一辆摩托车,这是典型的采山儿的。"他补充说。

我们的车很快就超过了"采山儿的"的摩托车,继续在渺无人烟的丛林间穿行,公路上看不见车影,更不见行人,汽车撒了欢儿地奔跑、奔放,但也寂寞。如此又走了一会儿,到了通往洛古河村的公路岔口,被林业局检查站的工作人员拦住,方才看到这里停着另外一辆准备驶入的车辆,刚刚接受完检查正要启动。吴师傅接过登记簿,按照管理人员的要求登记信息。坐在副驾驶座上,我看到登记簿上"事由"一栏中,前面的车辆登记的内容有"运输""施工""调查""地质""勘探"等等不一而足,我们填写的是"旅游"。

被检查站放行之后,我们的车即刻拐入一条柏油小道,又开始了一段渺无人烟的旅程。路的两边依然是莽莽的丛林,千回百绕地变换着角度,似乎没有尽头,在这无比寂静的小路上,陌生的司机载着我们在丛林中越驶越远,越驶越深,待走了很远很远,前后依然无人,也无村落、建筑,除了森林,除了树木,仿佛再也没有其他的生命迹象了。我情不自禁地屏住了呼吸,丰富的想象也一点点地随之生发而来——

我不得不承认，我这个被城市异化了太久的现代人一下子回到原野，回到原始的寂静，心头竟会掠过一丝的不安与忐忑。"这路上没什么人啊？"我小心地问司机。"对，这里手机也没有信号。"啊？内心的惶惑刹那间加重了许多，看了看手机，果然，此处屏蔽。再看眼前的森林，茫茫一片没有人烟，前不着村，后不着店，顿时感到自己仿佛进入了无人区。"一离开村子手机就没信号了，一直到洛古河才有。"司机说。"噢。"我轻声回应着，内心却增添了一丝惶惑……

如此地又开了很久，直到对面难得一见地驶过来一辆"黑A"牌子的小车，几个人不约而同地喊："哈尔滨的！"又走了漫长的一段路程，对面又驶来一辆河北的。"噢，北京的！"当看到北京车牌的时候，一种亲切感油然而生。司机说，到漠河来的北京车是最多的。而见到车辆，见到人烟，内心也踏实安定了很多，于是继续领略山林的姿色，欣赏眼前的风景，聆听森林的呢喃和大自然的感召，融入物我两忘的境界。

"噔！"是手机响。"有信号了！"女儿兴奋地喊。而此时，洛古河——这个据说比我们的下一个目的地——北极村更为原始的小村落，也已远远地出现在眼前了。

2017年7月23日，漠河古莲机场

六、悠悠洛古河

洛古河原本不在我们的计划之列，但经出租车司机吴师傅介绍，我们动了心，才按照他的路线，包他的车，将原计划的北极村游览变为了三个部分：洛古河、北极村和北红村。

按照师傅的说法，洛古河是漠河最北端三个村落中最为原生态的一个——我承认，是这"原生态"吸引了我，不知名的东西，未被发现的地方，有时可能恰恰因未沾染上不良风习而更加美好。而这里，也是黑龙江最西边的一个小村，被称为"龙江第一村"，是雅克萨之战胜利后康熙为传捷报修建的第33个古驿站。

我们的车在原始森林中穿行了120公里之后，终于在山岭之下见到了一片平坦的陆地，远远望去，碧绿的田野之上，树木的缝隙之间，是稀稀落落的一溜深褐色房屋，类似原木搭建，素朴，沉着，不露声色——这就是我们探访的洛古河村。村口立着一块大石头，上书"洛古河"，石头的前面斜放着一条废弃的木舟，既具装饰的效果，又有象征的意义，同时唤起了我们丰富的想象。

我不知道洛古河是不是一条河，但洛古河在黑龙江边却是千真万确的。不仅如此，这里还是黑龙江的源头，"源"以及由此衍生出来的"缘""园""蒝""原"等等是这里的名片。

在洛古河,我们最先看到的是黑龙江以及坐落在这里号称"最偏、最远、最放心"的江边哨所——"千里龙江第一哨"。

尽管是军事区,但哨所完全开放,开阔的绿地之上,几只山鹰在不停地盘旋,一会儿飞近一会儿飞远。旁若无人地走进去,穿过绿地和训练区,尽头处便是黑龙江。江边有一张哨兵们特意为远方的客人准备的"雷锋桌"——一桌、一凳、一把暖壶、几个玻璃杯子,简单布置,却心存温暖。这时正好有一个穿迷彩服的哨兵经过,看到我们,热情地招呼:"你们喝水。"我们报之以微笑:"好的,谢谢!"

听吴师傅说,这个哨所的营长已经在此驻守17年了,先是有了妻子,后又有了儿子,一家三口至今安居驻防于此,"那时我们来时他的爱人正怀着孕,儿子现在怎么也得五六岁了。"吴师傅说。在中国至北的小村落,不畏艰难,甘于寂寞,一待17年,的确不易。

哨兵走下江,到巡逻艇上去了,而此时的我们也第一次看到了黑龙江。左右望去,宽阔的江水在山间蜿蜒流淌,蓝天将江水映得碧蓝澄澈,白云在水中亦清晰可见,盛夏的季节,两岸青葱,将中国最北端的这条大江衬托得十分静美。而黑龙江作为界河,在河中央将中国和俄罗斯隔开,对岸我们看到的已是俄罗斯的领土,没有居家的信息,唯有青山绿树，与此岸遥相呼应。

溯江而上，就是洛古河人家，家家户户沿江分布，房屋栅栏均是就地取材，原木搭建，古朴自然，与周遭环境融为一体。农民为适应环境随意建造的住所，到了建筑学家和民俗学者那里就成了东北著名的木刻楞建筑，据说此类建筑冬暖夏凉，适合高寒地区的人们居住。村子不大，因尚未被商家盯上而暂且保持着古朴的原貌，为接待富有兴趣的个性化游览者，洛古河人家亦备有可口的农家饭菜和简单的住宿。

据说，洛古河人家多数是来自山东的采金者的后代，100多年前，他们到这里挖地窨子住下来，开荒种地，安家落户。历史的大东北天寒地冻，但却给走投无路的人们带来一线希望，他们凭借勇气、毅力和求生的本能，在此重辟家园，获得生机。

在村的中央，黑龙江边，我们又看到一块写有"源"字的大石头，到此一游的人们以大江为背景在照相，以志纪念。还有一些人饶有兴致地乘船，到上游的南源额尔古纳河与北源石勒喀河汇合处，去寻找黑龙江确切的源头起点。

千里追踪，回归本原，他们寻找的，也许不只是江的源头。

悟到此处，我们的洛古河之旅也可以画上完美的句号了。

2017年8月4日早，北京家中

七、漫步北极村

北极村是我们此行的重要目的地，所以我们在那里安排了两晚的住宿，一晚豪华酒店，一晚农家院，浏览一下中国最北的自然景观，体验一下当地的风土人情。

从洛古河一路奔波，下午三点钟左右到达北极村，入住事先订好的索金大酒店。安顿好老人孩子，我让司机自由活动，跟他说好第二天什么时候醒来什么时候再打电话联系。

我和女儿在房间磨蹭多时，给爷爷打电话发现爷爷已经去街上溜达了，不多时，从"中国最北邮局"带回了几张精美的明信片，告诉女儿想寄给谁今天写好，明天十点前投到邮局的信箱里，因为信箱每天上午10点开取一次，错过就要等到第二天了。

这也引发了我和女儿的好奇心，迫不及待地想要去看看那个邮局，事实上那已经不只是邮局了，而是早已成为一个写在旅行社和旅游者行程上的著名景点。"邮局远吗？"我问。"不远，三分钟就到。"爷爷说。按捺不住兴奋的心情，我们带上爷爷出门，又奔邮局而去。

走出酒店，发现北极村并不大，东西南北的几条街道一目了然，被街口蓝色和绿色的路牌标示着，而我们住的索金酒店就在街的中央。表面看去，这里的建制比上午看到的洛古河要大一些，游人也比洛古河多了很多，夕阳斜照下的马路上有骑车的，有走路的，三三两两，但都悠闲自在。出门向右没走几步就到了"最北"邮局，比我们想象的近了很多。邮局是一座木头的二层小楼，全称是"中国北极村圣诞邮局"，门楣上装饰有圣诞老人头像，和蔼，可亲，进门左侧便是信箱，也挂着圣诞老人头像，旁边一棵圣诞树。里面挤满了人，都急切地想要从这里——中国最北端的邮局寄出一封信或一张明信片，给自己的朋友、同学、亲人或爱人，以留作纪念。

卖明信片的柜台挤满了人，工作人员拿着一套好几个纪念邮戳忙不迭地往游人挑好的明信片上盖着。这里的明信片可真全啊！有风光摄影，有个性化彩绘，有圣诞系列，体现了中国北陲的鲜明特色。我和女儿又挑了一套彩绘系列，从中又特意挑出几张，请工作人员将"黑龙江漠河""中国最北邮局""中国圣诞邮局""中国·漠河夏至节纪念"等七个邮戳盖全，以作收藏和纪念。虽然人多繁忙，但那名女工作人员并未流露出不悦或疲惫，不厌其烦为远道而来的客人忙碌着，她一边盖章一边和我们聊天，当盖到第七枚——圣诞老人和驯鹿的邮戳时，她对女儿说："这个邮戳世界上只有两枚，一枚在这儿——北极村邮局，一枚在芬兰，将来你如果留学去了芬兰，别忘了盖上另一枚。"有故事，有情节，有未来，有想象，这间小屋瞬间变得更加温馨了。

"邮戳要不要盖上？"工作人员问。这是寄信的真邮戳。虽然明信片最早明天才能寄出，但也很可能将这盖满了各种邮戳的明信片永久地留在自己手里，此时它的留存意义已不亚于它的邮寄意义。犹豫了两秒，便高兴地请她也盖了上去。

拿着一堆明信片，心满意足地离开了邮局，到邮局的对过吃烤串。刚坐下来，就听到旁边大喇叭播放的广告词："中国最北熟食……"而四面望去，在"中国最北邮局"的旁边，我们又看到了"中国最北客运站""中国最北食品店"……呵呵，我们打趣说我们吃的是"中国最北烧烤"。

听说这里离黑龙江也不远，吃完饭，我们该到江边去看看了。在我们几天的游览中，黑龙江是一条重要的线索，漠河北部的人家大多沿江而居。

虽说已是晚上8点，此时的北京天应该已经黑下来了，而北极村还完全没有黑的意思。沿着中央的马路径直走去就是黑龙江，未来江边，先看到一个开阔的圆形大广场——七星广场。不知这名字因何而来，是由于它位于大兴安岭山脉北麓的七星山脚下而得名吗？还是这里是观测北斗七星的最佳地点？是的，刹那间我联想到夜晚这里满天星斗的璀璨场面。

广场上有人，但被偌大的广场衬托得稀稀落落，在近处闲逛，或在远处私语。旁边就是黑龙江，裹挟在此岸的广场和彼岸的大山之间，此时的江面和天空都铺满了晚霞，随着江水缓缓流去，给那一刻的景色平添了一丝温馨。霞光也映照在人们的脸颊之上、神色之间，现出的是一派闲散与从容。

而此时女儿和爷爷已经约好，夜里要来这里看星星。

2017年8月5日、7日，北京家中

八、在漠河观天象

来到漠河，观天象是必不可少的内容，这份好奇忍不住使我想知道，漠河的天究竟什么时候黑，什么时候亮，在漠河的夜空之上，是不是能看到满天的繁星和浩瀚的银河？

早在漠河县城留宿的那一晚，女儿在爷爷和我的陪伴下就曾经深夜出来看星星，虽然灯光的照射下酒店的门前有一些亮，但站在楼后的背光处，也真真地看到了比北京多得多的繁星，隐约还有银河在，女儿一度惊讶得跳起来。前年我们一家三口自驾游玩，夜行在五台山上，当行至某一处的山顶，先生曾经即兴停下车来，于寂静的夜色中带女儿看星星，那晚也曾给女儿留下难忘而深刻的印象。是啊，这在我们小的时候曾是司空见惯的景致，对于今天都市的孩子却已是难得的奢侈。这也令我想起女儿上小学的时候，学校布置作业观天象，识星座，这本属自然的举动，于高楼遮挡、霓虹闪烁、雾霾重重的北京城却成了不大不小的难题，抬头望天，一片迷茫，我不知道我们已有多少天没有看到北斗七星，没有看到大熊星座，没有看到小时候姥姥给我讲的牛郎织女星和"八角琉璃井"了。无奈之下，我们只能带着她到天文馆"观天象"，在人为模拟的天空中识别星座，真的假的，已经无从顾及了。然而今天，我又看到了真实的星星，又看到了几十年前的满天繁星，又看到了千古以来就已经在那儿的北斗七星、牛郎织女星，看到了在牛郎星和织女星之间隐约但却浩瀚的银河……

"你看，那就是大熊星座。"爷爷望着星空，不失时机地指给孙女看，而孙女的表情里只有兴奋和欣喜。

但这只是序曲。我们的目的地是中国的最北端——北极村，观天象，更是那里的题中应有之义。

我们特意从北极村留宿的两晚中留出一晚，看星星，观日出。听说北极村的天几乎要到晚上十点才会全黑下来，而次日两点多就又蒙蒙亮，三四点钟太阳就出来了，于是我们特意定了晚上11点和早上3点的闹钟。

11点被闹钟吵醒，掀开窗帘，看到北极村的天确实黑下来了，于是穿着整齐，朝着不远处黑龙江边的七星广场走去——我们认为这里是观天象的最佳地点，这是白天已经看好了的。

深夜的北极村气温较低，尽管将能穿的都穿上了，但出得门去感觉还是有些冷。远离了酒店、街道，眼前出现了伸手不见五指的黑,将手机的手电打开,照着明小心翼翼地前行。快到广场的时候,看到那里已经有了点点萤火,那是和我们一样的看星星、观天象的人。他们怀着同样的兴奋广场漫步,望向天空,讨论着眼前的景象。而更多的人为缓解白日的劳顿,和这个村庄一起沉浸在睡梦中了。

站在七星广场中央,几乎获得了180度的视角,空旷辽远,四周没有高楼没有建筑,天空以无比自然和开阔的弧度展示在我们眼前,霎时间真真地有了一种"天似穹庐,笼盖四野"的感觉,这感觉,于都市无论如何也是看不到的。抬头望去,是不停闪烁的满天繁星,清晰可见的浩瀚银河,比在漠河县城看到的更亮,更美。这回女儿高兴得简直是"嗷嗷"直叫了,在广场中央不停地旋转惊呼:"爷爷爷爷,我看到银河了!爷爷爷爷,我看到北极星了!爷爷爷爷……"她拿着事先准备好的单反相机,不停地摆弄,渴望将这一幕拍下来,长久地留住。相机的调试没有成功,她又忍不住将手机对准了天空,手机的低感光度仍然无法满足她的期许,于是她索性将拍得的几张黑色背景发布在朋友圈:"看!第一张是北斗七星,第二张是小熊星座,第三张是银河,第四张是……"没想到有那么多的同学好友应和,"看到了!浩瀚的银河!""满天的繁星,真好看!"……看来对于星空,对于银河,对于这自有人类以来就与人类默默相伴的神秘馈赠,每个人的心中都有着丰富的联想和无尽的向往。美洲的印第安人甚至将它当作神一样去崇拜和感恩，我在一本小册子中就曾经看到他们用诗意的语言写道："We give thanks to the Stars who are spread across the sky like jewelry. We see them in the night, helping the Moon to light the darkness and bringing dew to the gardens and growing things. When we travel at night, they guide us home.With our minds gathered together as one, we send greetings and thanks to all the Stars.（我们对那珠宝般在天空中闪烁的群星致以衷心的感谢，在夜晚，我们看到它们和月亮一起照亮黑暗，向花园和生长的植物洒下雨露。当我们在夜间赶路，它们指引我们找到回家的路，我们要向所有的星星致以最由衷的问候和感谢。此时我们彼此同在，身心合一。）"

黑龙江边，七星广场的星空的确是迷人的，无边无际，无休无止，连接着过去和未来，兴奋过后，对着浩瀚的银河，对着无尽的时空，凝神静气，随即又陷入了渺远的想象和深入的思考。

而此时爷爷于静定的星空中又发现了一颗运动的星星，"快看！卫星！"我们停下来专注地朝着爷爷指的方向看去，确实看到穿行其间的一颗小星星，在我童年的记忆里，那当然是熟悉的景致，儿时的星空下，我曾经无数次地看到过卫星啊。而女儿则是第一次看到，于是高兴得又跳了起来。

夜越来越深了，天也越来越凉了，依依不舍之中，我们离开广场，离开黑龙江，离开星空，返回了住处。

睡了一个回笼觉，三点钟又被闹钟叫醒。这回该看日出了。撩开窗帘，看到窗外的小村落已经袒露在晨曦中，朦朦胧胧的房屋轮廓间隐约传出一两声犬吠，于寂静中衬托出一点人间烟火气。天边微微泛着红，想必是太阳真的要出来了，我和女儿快速穿好衣服，知道北极村的温度很低，特意又叮嘱女儿加了一件毛衣，准备停当，拿着相机就出了门。

三点多的街头依然不见人影，但树木房屋都已呈现在眼前，于清芬的空气里现出一派静谧安然，白日的热闹荡然无存。我们怀着兴奋向黑龙江边走去，设想太阳从江面上喷薄而出的壮丽场面……走到七星广场，看到那里隐约已经有了几个人影，想必和我们一样，也是早起观日出的人。

穿过七星广场，径直来到黑龙江边，期待太阳从黑龙江上露出笑脸，期待江水闪着粼粼的波光……等走近了，什么也没有！却看见右面不远处的江面上，有一团厚重的、棉花团般的大块云朵漂浮其上，与岸边山上的云彩相接相连，绵延其间，如同仙境。再看左边，江的尽头、远处的山峦之上，天空绯红，仿佛正在酝酿着什么，我恍然大悟——一定是我转向了，那铺满朝霞的方向才更有可能是东方！尽管在七星广场看星星之时，我曾特意对着北极星辨识过方向，但少有参照的空间里，我还是未能把握住方向。北极村的旅游口号是"找北"，很多人站到"我找到北了"的大石头旁照相，然而现实之中，"找到北"真的并非是一件容易的事情啊。

当意识到太阳从山上而不是从江上升起时，我们又回去睡觉了。就让它顺其自然吧。

然而在漠河观天象的体验无论如何是美好的。每一个地方，都是以它独特的表情展现给我们的，理解了它，便有默契，便心领神会，便能欣赏到它与众不同的最美神韵。想到这里，竟然又有了半夜不起床，枉来北极村的感慨与感叹。

从东北平原到大兴安岭，从哈尔滨到漠河，从漠河到北极村，想想这一路的"向北"，逛书店，看演出，半夜起来看星星，仔细回味，也实在是美妙。

7月30日、8月1日早，北京家中

九、一路向北

由于是完全的自助自理，此行东北，我们的时间是松散的，来到北极村的第二天，我们的旅游才正式开始。

由于半夜曾经起来看星星，一早又曾起来观日出，第二天，我们按照计划睡到了自然醒。醒来之后，磨磨蹭蹭地吃完早饭，给司机吴师傅打电话时已经是十点多钟。他带着我们上路,开始了我们北极村的正式游览。

上午,他带我们去了北极哨所,也许是北极村作为知名的旅游地游人太多太杂的缘故,这个哨所不像洛古河的哨所那样对外开放,而是庭院深深,大门紧锁,门口有哨兵站岗,远远地对慕名而来的游客喊话:"别越过警戒线!"低头一看,脚下确实有条红线。隔着铁栅栏门扫了一眼正中的"中国最北哨所"几个字,象征性地拍张照片就离开了。

紧接着来到观光塔。此塔位于黑龙江边,比照中国最北的纬度53.33的高度修建,与对岸俄罗斯的伊格那思依诺村遥遥相望。我们乘坐观光梯上到大概是二楼或者三楼的高度,上面是个360度的大平顶,虽然53.33米并不是一个很高的高度,但北极村没有高楼,在这里已经能够俯瞰村庄的全貌了,放眼望去是一大片平坦的绿地,视线极好,心情顿时豁然开朗。对岸是青葱的山峦,只见黑龙江蜿蜒其中,将这秀美的大地衬托得愈加灵动。对岸的青山之上隐约散布着些房屋,多数为原木构制,也有红色屋顶,那就是俄罗斯的伊格那思依诺村了。用望远镜朝对岸望去,家家户户的村庄里没见到人影,空空的院子堆积着木材杂物,当视线瞄到红色小屋时,看到一个穿制服的俄罗斯男子站在小阳台上,一会儿又坐了下来,低着脑袋不知在摆弄什么,目光并未集中在一个方向——兴许这位就是俄罗斯哨兵。满足了好奇心,包括我们在内的游人纷纷离去。

途中我们又看了一个私人的博物馆,据说这个博物馆为漠河爱好收藏的一位企业家所建,知青馆的怀旧主题记录和展示了几十年前全国各地的知青奔赴于此,拓荒伐木开田的历史场面。作为援藏15年的老知青,孩子的爷爷被激起了无限感慨,兴致来了,仔仔细细地看了一遍。很多人,曾经将青春奉献在了这里,据说至今每年仍会有当年的知青络绎不绝地来此缅怀,有的在此建立居所,夏天来此避暑消夏,住上几月,重温往昔,叹光阴流逝。在别的馆里,我们还听到了雅克苏之战的解说,看到东北特有的地窨子和乌拉草,以及山鹰和狐狸标本。讲解员说,老板的东西并未全部拿出来,另外几个库里还有岩画和大量藏品,没有开放,听来感觉有些遗憾。150块钱的门票虽然不便宜,由于是私人博物馆,老年证、记者证、学生证全无优惠,但也让我们看到一个收藏家独特的个性与雅好,看到人生的丰富多彩。

参观完已是中午,我们沿着黑龙江返回,到农家院吃午饭,路过黑龙江边"黑龙江"的题字,下车拍了几张照,一切自然而然。

而上午所有的游览,仿佛又都是序曲,下午我们要去北极点和"中国最北一家",开始我们的"找北"行动。

司机在路边一张地图前停下来,将游览路线指给我们看,并告诉我们从"金鸡之冠"到"神州北极"只能步行无法开车。他将我们送到"金鸡之冠"的停车场,我们随游人走入通往"神州北极"的木栈道。"金鸡之冠"是一座以"玺"为创作元素的雕塑,庄重威严,标示着这里"金鸡之冠"的独特地理位置。自此往里,一路全是碧绿的田野,田间地头不时地置有几块写有各种笔体"北"字的石头,还有一块中国与俄罗斯的界碑,无时不在提醒我们,此时的我们正处于中国的最北端。"北",是北极村的招牌,中国最北一家,中国最北一店,中国最北学校,中国最北烧烤……置身"最北",我都想说自己是"中国最北游客"了,呵呵。"找北"似乎成了人们到此游览的乐趣所在,他们纷纷张着笑脸,在一块"找到北了"的大石头前照相。而吸引游人最多的,则是一块"神州北极"的大牌子,到了这里,大概就是真的找到北,来到北极村的最北点了。而旅游就是一种见识,一种体验。

但事实上这并不是中国的最北点,司机吴师傅说,第二天我们要去的乌苏里浅滩才是严格意义上中国的最北点。不巧的是,听吴师傅说,由于村民和旅游、林业部门间的利益纠纷,那里正在"闹事儿",能否进得去,还得看事情的解决情况。

从"神州北极"走出来,对面就是"中国最北一家",规整的几座木格楞房屋坐南朝北,院子里搭着棚架,种着瓜果,门前则是大片的菜地和农田,四面开阔,连接着远处的青山,是一派安居乐业的美丽田园景象。然而真的走进这户人家,发现却与想象的不同,这里已经不再是真正的住户了,而是变成了公司经营,像许多旅游景点一样,房子被公司买断后,这户人家已经不知了去向,眼下统一的服务设施和规范的人员管理多少给人一种失落感。据《走进漠河》这本旅游书记载,"1997年,村民夫妻相继去世,儿女迁出,无人居住。"而司机吴师傅则说,这户人家的后代将这进院落卖给了公司,拿着钱到别处居住了。其实不止这户人家,按照吴师傅一路上跟我们聊天的说法,现如今年轻的一代愿意留在林区的已经少之又少了。

无论如何,中国最北的这户人家相比于从前都少了一份亲切与温馨——有人的人家才是真人家,而今天,它已不再是原生态。此情此景,让人心头难免掠过一丝惋惜与遗憾。

然而,"树挪死,人挪活",我们真的不能企望一个人或者一户人家终生厮守一处,艰苦卓绝的年代,这里是拓荒者希望的乐园和精神依托,崭新的时代,他们的后辈又到别处找寻新的希望和新的依托,人生的过程或许就是追求和寻找的过程。女作家迟子建不就是从这里,从这个小村庄走出来的么?这村庄给了她滋养,给了她感情,给了她朴实细腻的文字和感触,无论走到哪里,这里都有取之不尽的灵感和动力源泉。在漠河新华书店,我曾经看到书架上摆着她的小说《额尔古纳河右岸》,之前也曾读过她的散文《北方的盐》,都取材于东北,她的生活在东北,在眼前这个我们正在游历的村庄。我相信,离开这里的人们,与这里,依然有着不可切割的维系。

一切都会变成历史。换一种心情去看待，一切均可释然。明天，我们仍将一路向北。

2017年8月8日，北京

十、美哉，东北！

"找北"，是中国最北之旅漠河的一张招牌和名片，但倘若较起真儿来，"找北"并非应在北极村，而是要到中国地图的最北端——乌苏里浅滩。按照预计的行程，我们一早离开北极村，奔北红村和乌苏里浅滩。

这天烟雨蒙蒙，树木和远山笼罩在一片雾霭当中，若隐若现，扑朔迷离，不停地变幻着景象，带给我们意想不到的朦胧之美。迷蒙细雨和云雾缭绕之中，落叶松静默黝然，呈现出更加肃穆的神采，一路伴我们前行。今天，我们要走很远的路途，但突变的天气，使得一路皆是风景。

中途吴师傅两次停车，按照既定的路线先后让我们游神龙湾和女角湾，两处景点均需穿过一片白桦林，撑伞走在圆木搭建的长栈道上，听雨中的白桦林呢哝私语，亦是别有一番情调。栈道的尽头即是观景台，观景台建在高处，俯瞰中，神龙湾和女角湾一览无遗。两处景观有些相似，河流至此，绕过中间绿洲反转折回，奔涌而去，在眼下呈倒的"Ω"形分布，彰显大自然的鬼斧神工和独特造化，而这也是我第一次见识。向更远处看，烟雾缭绕，一片苍茫，蜿蜒的大河像条缎带镶嵌其间，与四周的绿地青山相互陪衬。兴致勃勃地打开手机全景拍摄，将这难得一见的景观完整收纳，乘兴而来，赞叹而去。

游过神龙湾和女角湾之后，脸上的兴奋之情还未拂去，吴师傅跟我商量，龙江第一湾是不是可以不去了，说跟这两个湾差不多。师傅也许是跑多厌倦了，也许下雨的天气动摇了他的意志，但既然已动身启程，不去总归是遗憾，"差不多"不足以成为忽略它和说服自己的理由，于是在我的坚持下，吴师傅还是同意了。

但一路，他都在说路是怎么怎么地难走，接着又建议北红村是不是可以不去了。而我一个也不想省，千里迢迢，来之不易。

跟师傅说好，中午我们在北红村他的亲戚家吃饭。路上，师傅又说起乌苏里浅滩闹事，说这几天他的亲戚也参与了，到后问一下是否结束了，乌苏里浅滩是否能进去了。"咱们尽量去吧师傅，我们大老远来一趟也不容易。"我尽力地说服师傅。

未经开发的缘故，北红村的道路确实不如北极村，尤其是村口的那一段，泥泞中坑坑洼洼，有些落魄，但两边的山野碧绿一片，却是异常美丽，村里人家近在眼前，但我们的车只能小心翼翼，徐徐前行……

一顿饭的工夫，北红村只能给我们留下个大致印象，诸如村民的淳朴，饭菜的可口之类。吴师傅的亲戚很热情，女儿去漠河县城上学了，小两口儿系上围裙，将自家菜园子里新摘的蔬菜和地里收获的粮食做成可口的饭菜招待我们，使我们又一次品尝到地道的小麦香和不加任何添加剂的绿色食品的"原味"。上了桌的小面饼颜色发黑，无论"颜值"还是"卖相"都没有流水线的馒头好，但没想到嚼起来却是异常正宗——那是久违的味道，我无法说出我已经有多久没有吃过如此原味的面食了，记忆着实已经模糊和邈远，倘若不是如此的一个契机，我几乎已经忘记了我们的食品原本就该是这个味道！今天的我们，毫无疑问吃得越来越丰盛，越来越"漂亮"了，但我们的吃食为什么越来越无味，越来越背离了自然？

女主人将炒好的蘑菇和茄子端上桌，瞬间被我们一扫而空，这两个菜品里亦有着和我们平时吃的不一样的味道，我不知道女主人施了什么魔法，能让饭菜变得这么香。

席间闲聊，吴师傅和亲戚谈及"闹事"，亲戚将"闹事"的情景描述了一番，还拿出手机里的照片给我们看，有村主任，有警察，有村民，乱作一团。"我们的地，他们圈起来卖票，我们进还收我们门票……"男亲戚说。"还去吗？"吴师傅问。"不去了。说好等着解决。"听到这个，我高兴了："那咱们就可以去了。"并且再次劝师傅，"大老远来一趟，不去看看真是遗憾。"

告别了两位"亲戚"，我们奔向乌苏里浅滩。吴师傅又在抱怨路途艰难，这时天又下起了雨，除了雨声，抱怨声，就是一片沉默了。我也有些不悦：说好的路线，还是师傅亲自承诺的，怎么可以随意反悔，说个没完让大家扫兴呢？

不多时，我们的车开到了售票处，只见那里堵了好多车辆，有人在疏散交通，另外几个人围上前来，告诉我们乌苏里浅滩修路，景点暂时关闭，只有一处龙江第一湾可以游览，问我们是否还去。吴师傅说修路的话，又要绕十几公里，是不是不去了？我说去。和很多"公家"管理的景点一样，女儿爷爷的老年证和我的记者证都可免票，三个人只买了一张学生票就进门儿了——实际上也没有"门儿"，森林原野之中，哪有那么多大门啊？都是人为盖上一个小亭，搁上一个挡板就是"大门"了，进门收钱，成了天经地义、理所当然的事。当然，也有不干的——我想起了村民"闹事"。村民不闹事了，又修路了，看来，我们和乌苏里浅滩到底还是无缘，这次我们是真的无法"找到北"了。一秒钟的失望之后，又迅速恢复了平静，找不到北也罢，凡事留有余地，糊涂点也没什么不好。世界原本混沌，无有东西南北。也不要试图找到"最北",任何的事物都是有局限的,某种意义上,"最"并不存在。

去龙江第一湾的路上,穿行在一片原始森林时,下起了大雨,坑洼的土路着实变得难走起来,雨刷器不时地在眼前晃动,森林在雨水中也已变得模糊,再往前走,则是一段满是碎石的道路,师傅须不时地规避尖锐的棱角,以免轮胎被扎破,这时我也体恤到他不愿意来的心情,心底平添出一分歉意来。

路途艰难,龙江第一湾却没让我们失望,放眼望去,虽然形状和神龙湾、女角湾确有几分相像,但规模气势却非神龙湾和女角湾可以相比。龙江第一湾不但水面更加宽阔,而且倒"Ω"的形状更加突出,宽阔的江水辗转折回,几乎将中间的绿洲围成一个完整的岛。黑龙江作为中国和俄罗斯的界河,几乎被江水包围的这个小岛是俄罗斯的领土,自观景台望去,小岛全貌尽收眼底,而用手机全景拍摄出的第一湾也异常奇特,发朋友圈引来无数赞叹。那一刻我禁不住想到,大自然之中,我们还有多少奇观没有领略?不能停留,我愿始终在路上。

好在这里的雨都是阵雨,说来就来,就去就去,但想到返回漠河的路上我们还有几个景点将要游览,想到师傅舍家离子,雨中行车、一路奔波的确不易,于是我在说好的800块钱之外,又给他加了100元,师傅推托,我执意给了他,让他买包烟抽。接下来的一路，师傅带着我们一路游了下来，让我们见识了更加美丽的白桦林和九曲十八湾，让我们看到了斜阳罩染的绿野之上，彩云映衬的晴空之下，河流纵横交汇的独特景观，登高望远，禁不住感叹：美哉，东北！美哉，大兴安岭！

2017年8月16日、18日　北京家中

大海仍在,美永恒

这是我第一次来大连,之前常听人说起大连的美,这次终于有机会亲自去体会了。

然而,不知为什么,从飞机落地的那一刻起,思绪中仿佛就弥漫着一丝沉郁的气息,去宾馆的路上,看着一排排的房屋掠过,看着马路上不动声色的人来与车往,不由自主地陷入了遥远的想象,依稀地还会想起诸多沉浮不定的岁月,一度跌宕起伏的历史过往,以及那些人那些事。如大连的空气,潮潮的,湿湿的。

安置好行李走出虎滩宾馆,看到三面环山,前方正对着的是老虎滩海洋公园,据说沿着公园的木栈道步行约800米就能到海边。有山有海,背山面海,此时的大连于眼前勾起了我鲜活的好奇与想象,加深了我对大连的美好第一印象。

我迫不及待地要过马路到对面的老虎滩海洋公园,此时已过黄昏,据说公园已经不售票,可以随意进入了。但站在宾馆前的马路边,往来的车辆中我却找不到人行横道对过的红绿灯,正疑惑,发现身旁已有人径直向前了,这才意识到马路两边的车辆实际早已齐刷刷地停了下来,我随他们稀里糊涂、慌里慌张地过到马路对面,并未意识到这是怎么一回事。

第二天又过马路,才听人说起车辆自觉让行人早已成了大连人的习惯,几年前就是如此了。听完不禁肃然起敬,发自内心为大连点赞!想想自己生活的北京,作为一国之都,在这一点上也还远远未及啊,马路上抢道、鸣笛、心浮气躁的现象还是天天发生。此次出差我手头恰好带了一本我的老乡、移居加拿大的吴芳女士写的《温哥华散记》,她在这本书中就记下了带着两个孩子回国,在北京过马路的情景:"司机对行人视而不见,'嗖嗖'地一辆接一辆开过去,让我和孩子们只好站在人行横道旁耐心等很久,才敢斗胆过去。如果站在大马路口更胆怯,马路比温哥华宽太多,有的地方红绿灯乱得不知看哪个,有的地方虽有明显行人过街指示灯,但等到绿灯你走时,拐弯的车却从旁边开过来,总之携儿带女过个马路险象环生。不像在温哥华永远从容自若,任何时候都是'车让行人',行人在街道上像个大爷似的被敬着,尤其是老人和孩子。"今天的北京在这点上仍无改观,而滨城大连已经远远走在了前面,一个城市的文明与素养,就是从这些不经意的点滴中体现的啊。类似的场面几年前我曾在夏威夷遇到,当时亦给我留下深刻而美好的印象。

与眼下的美景相比，这是一道更为靓丽的风景，让人心怀温暖。

夜晚的海洋公园灯光昏暗，内有木栈道却少见人，偶尔有人往里面走去，也是三两结伴，出于安全考虑，我往里溜达了几步转身又回来了，手扶水边栏杆，放飞思绪，凉风吹拂之下并不想离去。远处大桥上依稀的灯光倒映在水中，将这片夜色衬托得更加宁静，思忖着这几天的会议安排，琢磨能否抽出一点时间去领略滨城大连的上好风光呢？

来到大连，是一定要邂逅大海的。这个想法与一位一同参会的同事不谋而合，她十几年前曾来大连，美好的记忆和印象保留在她今日的脑海中，会后她要和我相约海边，重温，重走。

沿着海洋公园西面的小道往北，走了大约十分钟，我们看到了山之尾，而旁边就是柔美的海岸线，大海边的木栈道就从这里开始了。路过鸟语林，再往前走是一片葱郁的丛林，在大山的陪衬下，幽静，安然，并不乏勃勃生机，置身其中，心即刻安顿下来，与周遭的山林联结在一起，平日的浮躁与喧嚣顿然不见了，呈现出少有的宁静与澄澈。脚下深褐色的木栈道随着山和海的弧度曲折变化，伸向远方，和山峦之上氤氲的雾气连成一片，朦胧唯美，悦目怡人。旁边的道路上偶有车辆经过，随着地势的坡度与弧度划出优美的曲线，亦是轻松愉快的感觉。我们边走边聊，关于这个城市，关于这里的人，这里的事，关于有关或无关的一切，话题时而拉远时而拉近，自由而随意。

走着走着，大海不经意间于左侧展露在我们眼前，面朝大海，视线顿然开阔起来，心情也愉悦起来，放眼望去，蓝灰色的海面上弥漫着水雾，海天相接之处，界限并不明显，从高处俯瞰，亦未见波涛汹涌的强悍，却像一位蒙着面纱的女子，给人以宁静和神秘的感觉。在凉爽海风的吹拂下，我们静静地待在这里，时光亦仿佛静止了，头脑中空无一片，恍惚间生发出一种"如如不动"的幸福——是啊，不经意间我们已经奔跑了多久？而所有的奔跑，或许只是为了回归，为了如此刻般安静的驻足吧？

扶栏远眺，大海无语，以茫然而混沌的姿态铺展向天际，铺展向远方。

我们继续向前，走到北大桥上，出现了更为惊奇的景观——大桥的左边是波澜不惊的大海，右侧则是绵延不尽的山峦，脑海中刹那间浮现的，是"山的那边海的那边……"这歌声也在心里默默地响起……在山的那边海的那边，是不是真的有一群蓝精灵呢？然而，我愿意祈祷，大连真的人杰地灵，康泰幸福。虽然，随后我们打车去星海广场时，大连司机不无遗憾地对我们说："你们知道大连华表吧？听老人说那是大连的定海神针，如今华表被拆了，大连的运气也不如以前了。这几年老出事。"

被同事兴冲冲地带到星海广场，不仅仅没见到华表，也没见到广场，见到的，是一个霓虹闪烁、热闹非凡的游乐场，令我失望，也令同事失望，感觉索然无味，我们吃完饭便匆匆地离开了这里。

会议结束，奔机场的路上，看到路边许多以大海为主题的雕塑，别具特色，或海鸥翻飞于大海之上，或小鱼游弋于浪涛之中，创作者以无声的语言和无言的热爱演绎并述说着滨城大连的美，万千年后，人事沉浮褪去，相信大海仍在，美永恒。

2017年7月7日，大连虎滩宾馆、周水子机场
2017年7月9日，北京家中

广州杂感

坐在车里,静静地穿行在广州的高楼大厦间,窗外的黄昏刹那间像是多了一份寂寥,看着次第点起的灯火,忽然有了一种想家的感觉。然而我来广州只是才刚刚一日而已。

下午的时候接到宝宝电话,说:"妈妈,我发低烧了。"也许从那时候起,心中的牵挂便开始了,傍晚坐车出去吃饭的时候更是有了想回家的感觉。想起平时每当遇到不舒服、不愉快或较为麻烦的事情,宝宝总是第一个告诉我,令我非常欣慰。我也一直在对她强化一个概念:有什么事情都可以告诉妈妈。虽然我并不是一个称职的妈妈,但从内心依然希望成为女儿最贴心的朋友,这种努力没有间断过。很多的时候,女儿遇到不开心的事情或在学校遇到了难题,都会"悄悄地"告诉我,有时候还趴在我耳边小声说:"你别告诉爸爸啊。"

我很感动于这份信任,也努力地使女儿相信妈妈的爱会常伴在她的身边,无论何时何地,永远和她在一起,每次出差,我都不忘告诉她:"不管妈妈在哪儿,不管妈妈在不在你的身边,妈妈都爱你,妈妈的爱永远都会跟你在一起。"对此,我知道,宝宝已经深信不疑。

写到这,想起长大了的宝宝已经不喜欢我们再称呼她"宝宝"了,为此还曾不止一次纠正过我,好吧,亲爱的瞿小咪,我的咪咪宝贝。

……

在广州略带沉郁的黄昏里一路走来,我们在一家叫炳胜的粤菜馆门前下了车,那时的广州再度喧闹起来,而彼时彼处的我却已经是归心似箭了。下车的刹那,将写给先生的短信发出:"想回家了。"

2010年9月16日

北京路和上下九

浮生偷得半日闲，在广州的几日里终于有了一个下午可以出去逛一逛。至少有两个广州人在不同时间、地点推荐去北京路和上下九，于是稀里糊涂就奔那去了，反正对这两个地方一点概念都没有。而这也是我来广州这么多次头一回闲逛。

先坐出租车到北京路。一路上问司机北京路和上下九有什么区别，司机说："都是商业区，北京路中高档的多，上下九低档的偏多。"之前也在网上查过，网上有人形象地比喻"北京路相当于北京的王府井，上下九相当于北京的大栅栏"，听上去似乎更为具象。一路上我的头脑中都在勾勒着对两个地方的想象。

从东方宾馆出发，约莫过了十来分钟，出租车停到了北京路的步行街口，师傅说："这就是北京路。"第一眼望去，感觉没有王府井的马路宽，也不像想象中的热闹，路两边是一些小店，我沿着右侧开始逛，很多店在卖夏天的打折服装，一家一家地看过去，感觉有点像华懋边上的小专卖店，逛了一段也没看上有合适的衣服，总体感觉偏年轻，更适合80后、90后。直到逛到一家店里，发现一件春秋穿的长袖T恤，试了试合适，店里的小姐说买一件120元，两件168元，于是长款短款各要一件。试上衣的时候，小姐又给我找来用以搭配的牛仔裤，一试相中了，三件一块买下，款台交钱的时候，看见一小姐拿着一条灰色的瘦腿裤正在交钱，也让店里的小姐给找来试了试，又合适。另外还有一件夏季打折的T恤，天蓝色的，我还没有这个色的T恤，20元又买下！上面写着"I love icecream"，Yes, I love icecream! 结果是在一家店里花356元淘来5件衣服，是不是比天涯小鸟在博客里晒的奥特莱斯还"白菜"呀？

溜达的过程中还发现一家书店，书店虽然不大，长条形的店面显得有些逼仄，但布置得却很精致，"优质阅读·文学""优质阅读·艺术""优质阅读·人文"，给人不错的感觉，而"咖啡·酒·雪茄"，即使我这个不抽烟不喝酒的人看了也竟被引起一丝愉悦。在小书店里，我挑了一本汪曾祺的《人间草木》，感觉还是很有收获。

离开北京路，我去了传说中的上下九。路上出租车司机告诉我，上下九有广州各种工艺品，我说那好啊，心中顿时有了一种期待。

出租车停在了上下九的小吃一条街旁，我顺理成章地就先去了小吃街。这里的小吃像街口的大牌子上写的：汇聚中华名吃。不纯粹是广东小吃，天南地北哪儿的都有。在广州几日都没吃上辣的我看到正在制作的"八哥重庆酸辣粉"，忍不住停下来要了一碗，广州的气温比北京高了很多，吃得呼呼直冒汗，倒是有点在重庆的感觉。不过仔细想想，来广州不吃广州小吃反而馋重庆小吃，似乎也有点不对，但最不对的还是听见有人在背后喊："给我来个酸辣粉，别放辣！"正吃得热火朝天的我对这种行为有点不齿，禁不住小声嘀咕："切，酸辣粉不放辣，那还怎么吃！"

吃完喝完，等真的在上下九开始逛的时候，却感觉越来越没什么可逛，大栅栏我早些年去过，但印象已经模糊了，所以我无法将眼前的这个上下九跟大栅栏联系起来，在我看来，它更像北京的动物园、官批，一些批发小市场。人气倒是比北京路旺，街也比北京路要长很多，临街的大小店面争相挂着牌子，标明"T恤3元一件""裤子29元一条"。走了两步，在一家店门前停下来，长长的一条街往前看往后看都看不到头，感觉有些迷茫，问店里的服务员往哪边走远仕哪边走近，小姐往前面指："这边是下九路。"又往后面指，"那边是上九路，远近都差不多。"哦，所谓的上下九，敢情就是上九路和下九路呀。上下九路逛了一遍，也没见着什么广州有特色的工艺品，但也不能空手而归，花10块钱给女儿买了三双纯棉袜子，上面印着漂亮的卡通图案，挺可爱的，想必她会喜欢。

独自溜达时偶然还发现一家电影院，正在上映朋友天雨力荐的《盗梦空间》，驻足的片刻动了一下心，但最后想：五点多开始放映，演完也得七八点钟了，人生地不熟的我，逛差不多了还是乖乖地早回吧。于是离开电影院继续逛。

而此时的逛街，似乎已经不是要买东西了，而是从熙熙攘攘的人群中感受一下广州的气息……

回来后跟负责接待我们的广东人小蔡交流逛北京路和上下九的感受，当说到上下九不如北京路的时候，小蔡说："可是上下九更能代表广州特色。状元坊你去了吗？"

"没有。"

"那里就有一些有特色的工艺品。"

"华林寺你看到了吗？"

"没有。"

"就在小吃街的旁边。香火还是挺盛的。"

"我看到有家卖香肠的，倒是挺有感觉的，各类香肠挂满了，买的人特别多，人气很旺，有一种肠卖完了，店家还写上'已售完，明天早晨'。"

"你说的就是皇上皇。×××你去了吗？"

"没有。"

呵呵，看来我将上九路和下九路逛了个遍，也还是没有逛出上下九的精髓啊。下次再来，怎么样？

2010 年 9 月 17 日

这算到过东莞吗

因开会在东莞待了三天。虽说是东莞，但在我们入住的三正半山酒店里似乎嗅不到一丝东莞的气息。

晚上10点多下了飞机，从深圳宝安机场驱车半小时来到这个酒店，沿途全是高速公路，夜色中朦朦胧胧有些山脉的影子，却并未看到丝毫街市的灯火。后来才知道，酒店虽属东莞地界，但距东莞市区却有一个小时的车程，从地理的距离上讲，离深圳更近。

酒店很大，建在低矮的半山腰上，由主楼、别墅等一组建筑组成，散步在青葱的树木花草和旖旎的湖光山色间，与其说是酒店，不如说是一个庄园。听说这样的五星级酒店在东莞比比皆是，而类似的"半山"酒店据说也不止一个。也许是依山势而建的缘故，感觉无论在几层下了电梯，出门都是地面，而且规格不一的客房依单双号弯弯绕绕地在两侧曲折排开，楼与楼、楼与湖、楼与山以及楼与路之间都以独特但却不易找到的方式连接着,所以在里面绕了三天也还是糊涂的。

一天晚上闲逛到一个小门处,服务生说出门就是湖,果然,出门过了一条带有坡度的小马路就可以沿湖散步了。我和同行的一位女士沿着幽静的小路走了一会儿,由于四周过于安静,出于安全考虑我们及时返回,而后来专门去找那湖,却半天也见不到湖的影子,回到酒店,看见湖水又在窗外晃动着了。

然而在酒店待到第三天的时候,就感觉有些枯燥、烦闷和想家了,那个晚上过得百无聊赖,只想回家,心在一个前不着村后不着店的酒店和一种说不清的情绪里缠绕着,直到回来。

和酒店告别的时候,禁不住想问一句:这算到过东莞吗?

2010年1月30日

惠州西湖掠影

来惠州之前,脑子里一直萦绕着惠州西湖,惠州多水,这一特征惠州西湖是否最能代表?寻思着工作的间歇,不知能否抽空前往。

接我们的车从深圳宝安机场一路行至惠州,"惠州西湖"的路标不断出现,等在我们入住的康帝国际酒店停下,发现西湖已然是在眼前了。那一刻暗自欢喜:看来,我要与惠州西湖撞个正着了。

走进房间,打开窗户,西湖一览无余。

后来知道,酒店三面环水,几被西湖环绕,无论是从餐厅、客房还是会议室放眼望去,均能见到西湖水,这几天,看来是躲不掉西湖风光了。惠州古城依山傍水,从会议室能够拍到被水环绕的朝京门明代古城楼和城墙。朝京门按照惠州北城门恢复重建,据说城墙内为西湖,城墙外为东江。

的确,城市有了水,便多了一份妩媚和灵动,惠州西湖着实给初到惠州的我留下了美好印象。晚饭时遇到一位老同事，也是比较投缘的朋友，帅哥，一拍即合，约好次日一早西湖边溜达，近距离领略西湖美景。

头天晚上工作至深夜，不耽误次日早上6:30吃早点，然后出发。这是西湖的诱惑。

沿堤走入湖中小岛，看见一行题字：花洲话雨。岭南风光尽收眼底。一池绿水，几只鸟雀，早上的西湖很安静，湖边的老人喝茶遛鸟，怡然自得。看见小学生等待过马路，才想起这原本是个上班、上学的日子。同事说不用上班他好开心。虽然并非如此，但忙里偷闲，我也乐得自在。沿湖小转了半圈，湖光树影，满眼葱茏，空气里有种湿漉漉的味道。

据说苏东坡当年被贬惠州两年零七个月，面对如此美好景致，难怪留下诗词无数，给再来惠州的我们带来无尽的回想。

宽阔的林荫道上，不见步履匆匆，呵呵，直觉的西湖是安闲的西湖，直觉的惠州是生活的惠州。

2011年6月2日，惠州康帝国际酒店

鹏城印象

在深圳逗留的一日,没想到从住处到地王大厦步行大约十分钟的路程中,却遇到了三个无着无落沦落街头的流浪者。

垃圾箱旁,一个怀抱小孩的妇女坐在地上,正对着垃圾箱的侧门往外掏东西,掏出的尽是些别人倒掉的残羹冷炙,有些霉烂的食物散发着臭味,而女人却全然不顾地一边掏一边往嘴里塞。怀里的小孩悄无声息,无知地摆弄着脏兮兮的小手。

马路边,一个衣衫褴褛、蓬头垢面的傻子一边念叨着,一边来来回回地走动,眼神若有所思,又空洞茫然——在我的记忆里,那是童年的老街才常见的场景。

深圳的标志性建筑——地王大厦的旁边,一个留着长须蓄着长发的流浪汉光着脚来回踱步,长衫飘飘,旁若无人,仙人般翩然悠游。

……

十分钟的路程里目睹了这么多衣食无着的人，我无法将这一切跟这个眼下人均GDP达1.2万美元，号称"超中上等国家收入水平"的城市挂上钩，也无法跟我预想中的深圳挂上钩。登上地王大厦的"深港之窗"尽览了深圳的无限风光，也还是无法冲淡我心中的迷雾，这十分钟里浓缩的景观仅仅是巧合吗？

很遗憾，鹏城的一日没有容我有更多的时间去游走和体会，而这三个流浪者，在我的印象里已经先入为主。

2009年3月29日

体验华强北

明香酒楼进完晚餐,溜达回我们住的圣廷苑酒店。不愧为华强北,这里看上去好热闹,卖手机的,卖相机的,卖电脑的,卖配件的,形形色色的电子产品满街都是,比中关村丰富。

路过一市场,同行的两位要进去看相机配件,我说:"不对,这是卖菜的吧?"昏暗的灯光下往里望去,只见一个个小摊儿,还有赶集似的人来人往,可不就一菜市场吗?跟着两位走进去低头仔细看,摊儿上搁的还真不是白菜,什么手机配件啦,内存条呀,U盘啦,数据线啦,瓶瓶罐罐什么小零碎儿都有,禁不住乐:"敢情不是卖菜的呀?"

见两位问询,我想我是否也需要买点啥呢?我知道好像不需要买啥的,但没事找事买块手机电池吧,问有没有,说有,结果拿出一块来放手机里不合适,又拿出一块半成品的电池来,贴巴贴巴拧巴拧巴这就做上了……"你就这么做呀?"我问。

"对。"

"那能用吗?"

"能。"

"安全吧?"

"安全。"做电池的人并不看我一眼,手法异常熟练地"咔嚓咔嚓"(夸张了,其实不是这声儿,但确实飞快)。

"我真见识了。不会用着用着就爆炸了什么的吧?"我一边念叨一边不放心地说。

"开玩笑,我一天做几百块,做好多年了。"

"你们说这能用吗?"我转身问身边的两位。

"用吧。"这回答像是认可。

做好了,要35块,我说30吧,成交,给了钱拿走东西。刚迈出门,两位中的一位说话了:"我要知道他现做的就不让你买了。"

"什么?我不是问过你吗?怎么不早告诉我?!做的时候你在呢,老大!"

"用吧用吧,我是看他眨眼的工夫就已经做上了,你不买我怕你们闹纠纷。"

我乐了:"你早说我肯定不买了!他是做上了,可我还没说我要买呀。别给用出什么问题就行,哈哈。"

"你一看他做那么熟练这东西就能用,呵呵。"

"我还是以我的原装电池为主吧,买它,就当我来体验华强北了。"

2011年11月16日晚,深圳圣廷苑酒店

啊，厦门

我来过厦门了，但同行的一姐姐说："你跟没来过一样。"

29日CA1871次航班来厦门，本来应该下午4:30左右落地的，但飞机晚点两个多小时，到达厦门时已是黄昏，离开机场去酒店的路上街灯已经亮起，朦朦胧胧什么也看不清。听说我第一次来厦门，路上那位姐姐还念叨着鼓浪屿。她来鼓浪屿也是十几年以前的事了，但当我们在酒店安顿好、吃完饭已经是晚上九点了，鼓浪屿是不要再惦记了，何况我们入住的伯翔软件园酒店据说又在离鼓浪屿较远的地方。但出差就是这样。第二天我们紧锣密鼓地开会，下午就又出发去贵阳了。

然而飞机落地的刹那，我还是俯瞰了一下厦门岛，远远看去，被海水分割成不同的半岛，一个散布在海里的城市，与其他地方还是有些不同的。我能获得的印象，大概也就是这些了。

听说我没来过厦门,同行的另一朋友说:"在厦门开过那么多次会,你没来过厦门也挺不寻常的。"是啊,我怎么就没来过厦门呢?以前曾和女儿同学的妈妈策划过来厦门,但各种原因未能成行。今年上半年的一个小长假我还动过念头来厦门玩呢,先生说太热,后来也打消了。心想厦门就在那儿,那就找个合适的季节再去吧,不曾想没过几个月,来厦门出差了,可这个差出得真是太匆忙了啊。

与鼓浪屿擦肩而过是个遗憾。下午在去机场之前本来还是有几个小时的,与另一个首次来厦门的朋友商量是否可以去一下,但酒店告诉我们说打车从酒店到码头不堵车的情况下需要半个多小时,于是彻底打消了这个念头。

家在这儿的一位朋友说,鼓浪屿过度开发,已经不可爱了,居民都不在那居住了。但无论可爱与否,鼓浪屿我都没去过啊,到了厦门与它失之交臂,有点小不爽。没关系,反正我还打算再来的,下次再来,想必该是拖家带口了吧?

我对那位姐姐说:"跟没来过不一样,我看到了厦门蓝蓝的天。"

直观的感觉,我喜欢这个城市。

2013年8月1日早,贵阳贵州饭店

福州·三坊七巷

此行福州最大的收获就是去了这里的三坊七巷。

三坊七巷地处福州市中心,东临八一七北路(八一七路据说是以福州的解放日命名),是中轴街肆南后街和两旁依次排列的十条坊巷的总称,起于晋,完善于唐五代,至明清鼎盛,被称为中国都市仅存的一块"里坊制度活化石"。

"三坊"是衣锦坊、文儒坊和光禄坊,"七巷"是杨桥巷、郎官巷、安民巷、黄巷、塔巷、宫巷和吉庇巷,自古就称为"三坊七巷"。三坊七巷现有古民居200余幢,其中不少沿用至今。

当出租车将我送到南后街的街口,我早已分不清东西南北。彼时的福州下着小雨,再加上周一的缘故,这里的游人并不多,不像重庆的磁器口那般的摩肩接踵,安闲,冷清,和古街的氛围倒是十分相称。

街道也不像磁器口那般的逼仄,看上去十分开阔。也是,三坊七巷过去有达官要人居住,而磁器口却是商人歇脚的江边码头。南后街的中央散布着一些茶肆,时而有闲人落座,流露着些许的福州风情。街边的店面也尽力保持着古老的风格,古老之中又似于无意间散落出清幽的雅致,低吟浅唱,在绵绵细雨中绘就意境悠悠的福州情调。

镶嵌两旁的坊巷就那样自自然然地存在着,清清冷冷,无人问津,倒也原汁原味,不被打扰,如千百年来不事声张,代代相传,亘古延续。

出于好奇,我走进这里的黄巷,看到一位居家妇人在门前打扫,除此之外,便是残垣断壁,破败荒凉。位于巷中的黄楼应为彼时达官要人故居,气度犹存,但大门紧闭。而其他小巷,有的正在整修完善之中,有的没被引起注意。但也许,正是因为这被人忽略的平淡,它才显得更加真实。

我喜欢有古街的城市,它能于瞬间沟通历史,变得深厚而有内涵。福州就是这样。

2010年10月25日,福州香格里拉大酒店、北京

福州·时光书吧

走到南后街42号，被这里的时光书吧吸引，迈进门槛，看见左右各立着两个高高的大书柜，旁边是些花草绿植，书柜的中间整齐陈列着一些文史哲类书籍，上下是些瓷器饰物，古色古香，雅致无比。

在这里驻足许久，仔细浏览着那些书目，想要抽出一本翻阅，柜门锁着，是的，这只是书店的"引子"，或者说"序曲"，要想看到更多，还须由此往里。

迎面是影壁墙一面，上书"寿而康"，绕过影壁才看到书吧的全貌。不大但方正的小院一侧立着一个和门口一样的大书柜，里面整齐码放着分了类的书籍。环顾四周，看到侧室辟有一方天地，内设茶座，随时供访客看书品茗。正室屋内左右各立两个大书架，不大的空间里依然辟出茶座，强调书与茶的天然联系和同等重要。

女主人倚靠书架一旁，静静地看书，与书吧浑然一体，那一刻真的有种时光穿越的感觉和不忍打扰的安静。

轻轻地走到书架前,看到"文学""历史""宗教哲学"等不尽相同但井然有序的分类,安安静静、从容不迫地依次浏览着,没有一丝的心浮气躁,沉湎其中,不忍离开。

如果不是忙里偷闲在开会前的一个多小时跑出来,在这里坐上半天,读书品茗,安然独处,让时光凝固,定是莫大享受。

在那些与众不同的书目里,我看到汪曾祺的《五味》,心中一丝暗喜,略微翻了一下便决定买下。又在书店流连了许久,到柜台交钱的时候,我忍不住对书店的女主人夸赞书店的别致,女主人淡淡地一笑,显然也来了兴致,问我:"要不要盖章?"我欣然答应:"要!要!"一个"时光书吧"的大方印卡在了书的扉页,心中陡生愉悦,我想,此为最好的纪念。

临走还愉快地拿了柜台上一张书吧的名片,"用心情慢慢冲泡,用时间细细品尝,会恍惚时光的错落,偶遇空间的变迁——最幸福的事情,就是与时光相遇。"上有地址电话,"南后街42号"。而我将它带走,却不是为了再来,只为心中欢喜。

2010年10月25日,福州香格里拉大酒店、北京

福州·独自逛街

这两日的福州时常下着小雨，雨后的夜晚清新透亮。26日晚饭后，处理完手头的工作，我独自出门，准备去旁边的大洋天地闲逛。

尽管刚刚8点来钟，但福州的街头已无太多行人车辆，路边只有三两个等红绿灯过马路和立于站牌前等公交车的人，夜晚的街道如此清静，倒也难得。

香格里拉到大洋天地需穿过五一广场，或绕至旁边的大道前往。被福州人称道的五一广场并无想象中的灯火，也无想象中的热闹，湿湿的地面只有被对面商场的霓虹灯反射出的一点亮光。广场很大，也很方正，通向对面是条长长的通道，黑乎乎的，没有看到广场中有人。出于安全的考虑，我正要绕道前往，见一对夫妇牵着小孩走进广场，于是尾随其后。

走进广场，发现一侧的长廊上其实有人坐着聊天，中途也看到一两个人锻炼，因为没有灯光，在暗处不易被发现。

在大洋天地一点一点地逛，有一搭没一搭，优哉游哉，随心随性，竟然也体会到独自逛街的乐趣。将两层的女装细细逛了个遍，一件一件地看，一件一件地试，买或不买都很开心。当女人遇见商场，就是如此。

在商场的三层，发现一件小外套，是我在北京想买一直没买着的，试了试还合适。再看，旁边还有一件，试了试也合适，经讨价还价，花460元一起买下，非常开心。将正好的钱直接交给服务员请其代交，捡其中一件摘掉标签，穿上，愉快地离开。

临走问服务员："晚上一个人在路上走没事吧？"

服务员说："没事，福州的治安挺好的。"

她将另一件装进袋子递到我手里，说："没有小票，有问题你再过来吧。"

"不用了，有问题我也不来找你了，呵呵。明天就走了。"

回到北京，气温已接近冰点，两件小外套看来要到明年才能派上用场了。拿剪刀剪另一件的标签时，发现衣服的产地又是杭州，呵呵，这是继前年和去年分别买了江南布衣的一件羽绒服和一件小薄棉之后，第三次无意中购买杭州的小衣服了。是巧合还是缘分？那一刻想起了杭州，想起了诺拉。

2010年10月27日

BYE-BYE了，贵阳

尽管上午还在下雨，但离开贵阳的时候，灿烂的阳光又从舷窗照了进来，再一次加深了我对贵阳的好印象，那一刻内心充满了愉悦——我喜欢这样的欢送，也很感谢雨季的贵阳难得的阳光。

一天的时间，我还未能领略太多贵阳的风情，也未吃到贵阳所谓"变态的辣"——这是此行最大的遗憾。虽然省政府的宴请看上去也是满桌飘红，但不知为何，丝毫也未尝到贵阳的辣，跟北京的辣都差得很远。也罢，毕竟除了辣椒，贵阳应该还有更多深具诱惑的内容。

之前写了一篇关于贵阳的小文，诺拉说等着看续篇，其实关于贵阳更多的印象也来自于博友们的留言，这些留言丰富了我对贵阳的印象，使它变得丰满。天雨说贵阳很悠闲，我想到：拥有悠闲的心境到哪都悠闲；涛哥说贵阳很小很乱，我想到：也许贵阳真的只适合远观，不适合近瞧；没去过贵阳的朋友对那里充满了期待和想象——那是距离产生的美。对于贵阳，如果理性地去分析，我没有太多的发言权，因为我在贵阳加起来只不过才待了一日而已，而这一日当中几乎也未和当地人有过深入的接触，所以我看贵阳至今也是雾里看花。就像贵阳人送我去机场的路上说的：贵阳是个花瓣城市。它的布局像花瓣。但我想，那也应该是飘在上空才能看到的景象吧？——也许贵阳真的很适合在朦胧中俯瞰或远望……

  为了将初来贵阳时看到却没好意思拍的良好印象拍下来，CA4165次航班上我刻意选了一个靠窗的位置，但不料飞机上升的速度比降落时急促了很多，瞬间就直入云霄了。好吧贵阳，那我们Byebye吧，我想，我们来日方长。

2010年6月9日

遵义半日

8月1日从贵阳驱车约3小时来到遵义。

除了闻名遐迩的红色内涵,遵义看上去还是个很有特色的小城,大叶的绿植,当街的建筑也很有特色。

遵义,因遵义会议而闻名,所以遵义之旅,必然是红色之旅。遵义会址是个二层小楼,看上去有点太新了,新得有点不真实感。小楼的一层供游人参观,开会的二楼没有开放。

穿过一条小巷,来到苏维埃国家银行。旁边是教堂,两侧开着服装店、文具店,很生活。总政治部、装备司令部等等这些开会期间工作、住宿的旧址都在民巷里。不像延安艰苦的窑洞,这里的旧址都是舒适的小洋楼,很多是过去国民党官员的私人住宅。大院里有教堂,中西结合的建筑风格,教堂是作为某次会议的旧址开放的。

穿一两个胡同就又是一个旧址。参观了一会,我们随同行的几位去逛沃尔玛超市。路过一个广场,叫什么名不得而知。其实民俗博物馆和特产一条街或许才更应该逛逛的。这就是集体出行的不便。

看到遵义的母亲河湘江河。坐车来遵义时看到这条河，离开遵义时看到的仍是这条河。遵义不大，但河流萦绕于此，占据了相当重要的位置。是啊，一个城市，怎么能离开水，怎么能离开河呢？如果不是有着生命的联系，怎么又能被称为母亲河呢？转眼结束半日之行，再见了遵义！

2013年8月3日早，北京家中

翠　湖

昆明这个城市从外观看并无什么特色，除了导游提示的，同北方的城市相比，楼房外墙的空调少了些，楼顶的太阳能多了些。然而昆明的翠湖却给我留下了深刻印象，因为每天早晨，那里有成千上万只海鸥飞来，用导游开玩笑的话说，来用早餐。

在与滇池一箭之遥的这个小小的湖边流传着一个关于海鸥老人的真实故事。

自20世纪80年代以来，每年冬天的早晨，车水马龙的翠湖边，徘徊着一个孤独的老人，十余年里，他节衣缩食，用微薄的退休金喂养着每天飞临翠湖的100多只红嘴鸥，他给每只海鸥都取了名字，像守护自己的儿女一样守护着这群小精灵不受路人的伤害。

1995年，当这群西伯利亚的白色精灵飞临昆明的第十一个冬天来临的时候，海鸥老人病逝了。在他身后，老人家里唯一值钱的东西就是几个鸡蛋,老人舍不得吃,原本是准备蒸鸡蛋馍喂海鸥的。老人死后,有人在翠湖边老人常去的地方挂出了老人的照片,那一天,成千上万只海鸥飞来,围着老人的遗像翻飞盘旋,连声哀鸣,不肯离去,出现了曾被很多昆明市民看到的感人一幕……

14日早上8点多,我们怀着期待的心情赶往翠湖,希望看到海鸥飞临的景象。不多时就在湖边等到了海鸥陆续飞临的激动人心的场面,不是100多只,而是成千上万只,甚为壮观。

翠湖公园原是一个不大的公园,是昆明市民晨练的场所,对于海鸥,晨练的人们早已司空见惯,不足为奇,从湖边买来面包不停给它们喂食的多数是四面八方的游人。然而昆明市民对于海鸥仍是爱护有加,听导游说,如果有人抓住海鸥的脚喂食,一定会有市民站出来阻止。

海鸥依然不停地飞来(据说它们住在滇池),等我们离开的时候,已经满湖都是海鸥了,顿时给翠湖公园乃至整个昆明市增添了无限生机……

2008年2月17日

日韩海上巡游

海上巡游一周，真的是有点乐不思蜀了，游轮上吃喝玩乐一应俱全，而且服务尽善尽美，对人关怀备至，恍惚中有种在家的感觉。当然，游轮更是孩子们的天堂，美食24小时随时供应，游泳、攀岩、游戏、演出、抽奖、高尔夫、手工制作应有尽有，再加上旅行社组织的绘画、游泳、攀岩等各种比赛，孩子们真是快乐极了，由于是暑假，船上到处都是孩子，像是一个夏令营。

在游轮上，第一次尝试了攀岩，没想到攀起来那么EASY；泡了"温泉"，虽然实际应该是温水，但不用顾及时间还是很HAPPY；吃了一个溜够的西餐，虽然再吃就要胃疼了，但每天的花样都不同，最重要的，是有最好的服务，印度的服务生每天都变着花样用餐巾给孩子们叠动物，使孩子们对于每天的晚餐都有期待；在船的中厅，还参加了20世纪70年代风格的迪斯科舞会，舞曲虽不强劲，但人们热情高涨；

看了三场演出，其中一场歌剧，一场歌舞剧，一场杂技和木偶剧，小咪还额外多看了一场小提琴的演奏，均很受欢迎，气氛热烈。这个游轮的确给我留下了难忘的美好印象，据说船上还有长达三个月的旅行，如果真有那么多的时间和金钱，那真的将是超级棒！

记得去之前对于游轮之旅我还顾虑多多，因为对于游轮太陌生了，甚至陌生中潜伏着恐惧，但现在我爱上了游轮，和其他的旅行相比，游轮的旅行显得那么从容和安逸，不用着急，不用赶趟，只需要在船上待着，或休息，或聊天，或运动，或喝下午茶，或看大海，一切由你。喜欢这样的旅行，这样的旅行才是度假的旅行，只不过时间太短，时间需要再延长一些，至少延长两周。

有时候在想，如果真的三个月漂在海上，那将会是怎样的感受呢？而这不足七天的旅行，显然是太短了，新奇还没过去，就该下船了。

相对于船上的项目，岸上的观光就显得匆忙了很多，由于潮汐的关系，在岸上停留的时间比预计的还要短很多，不少行程都被迫砍掉了。

鹿儿岛位于日本九州的最南部，对于鹿儿岛印象最深的就是火山，樱岛的火山是活火山，也是鹿儿岛的象征。鹿儿岛的导游说：北有富士，南有樱岛，富士山因柔媚被誉为女火山，樱岛则因刚强被誉为男火山。樱岛被称作鹿儿岛的坐标，似乎不管从哪个角度都能看到它，而我们去的那天樱岛火山格外热烈，平均每天喷发四次的它那一天竟然喷发了七八次，而这座火山离鹿儿岛的居民又是那么近，据说在这座山上还有人家和学校，想必这里的人们早已了解并习惯了它的脾性。尽管如此，自然还是有它不可预知的秉性。大约100年前，樱岛火山曾经大发脾气，给这里的人们带来惨重的灾难。而在此之前，人们已经发现鸡犬不宁等异常情况，但科学家出来"辟谣"，说这不是火山喷发的前兆，结果人们没有做任何准备，从而造成巨大牺牲。灾难发生后人们在山上的小学校里立起了"科学不信"碑，警示后人生命事大，不要迷信科学。

在樱岛火山的脚下我们还泡了足浴，那是地道的温泉，孩子还在山脚下收集了火山灰和火山石，这对我们来说都是珍贵的体验。

而福冈的小镇也很有味道，和高楼林立的东京完全不同，木质结构的别墅民居给人很舒适的感觉，那是太过拥挤的东京看不到的。光临小镇的时候天下着小雨，清凉之中又多了一份朦胧的诗意，卖小手工艺品的店铺林立，穿梭其中，分外享受。包括福冈的古城，满园的樱花枝繁叶茂，虽不是樱花盛开的季节，却依然会引起樱花盛开的联想。相比于鹿儿岛，福冈要大了许多，毕竟它是九州的首府，日本的第二大港，而鹿儿岛，据福冈的导游介绍，则是日本"最乡下的乡下"。

又经过一天的海上巡游之后,来到了釜山。在釜山呆得太短了,未能来得及感受釜山的街容市貌,除了两个小时的免税店和店后面的海滩,就是在釜山吃烧烤了——不过那也是我迄今为止吃过的最好吃的烧烤,比北京的汉拿山要好吃很多。之后导游将我们带到了一个毫无特色的公园——龙头山公园,就像北京的玲珑园,多数是些老人在那下棋聊天。大概釜山人挺热情的,在公园的小路上走着,就会有老人伸手抓一把自己正吃着的薯条给孩子吃,不敢要,但也看到老人似乎有些失望。后来还有斜挎着条幅的人发糖果,也许是在做推销,有读中文系的韩国学生在发调查问卷……在韩国停留了几小时,还无法对这个国家有太多的感受。

很快地,七天六晚的旅行结束了,游轮上,女儿认识了小朋友叶子扬、服务员Sachin和张倩倩,包括客房的服务,我们都给写了很好的评价,游轮上电视、演出、游戏、进餐一律使用英语,但愿这个国际小环境能给女儿留下些许的印象和概念,但愿此次的旅行能使女儿的视野更加开阔,眼界更加宽广。

由衷地感觉,生活幸福而温暖。

2010年8月2日

第五辑

邂逅欧罗巴

欧洲·飞行

　　法航的航班起飞的那一刻，我离北京越来越远了，离欣欣越来越远了，内心有一些留恋，也有一些向往。这是我和咪宝第一次去欧洲旅行，一大早，欣欣开车将我们送到机场，我们飞巴黎，他留在北京上班，为生活奔波。

　　在我的内心，期待一家三口的旅行，但是他还得工作，十日的假期也挤不出来，他一直就处于这样的状态，被劳心劳力的工作占满。我已经习惯了这种状态。人在职场，有些迫不得已。他内心最期待的，是我和咪宝能够玩好，那样他就是幸福的。

　　而我，有责任照顾好咪宝，每一次的旅行，都是为了她，为了让她多走多看，见识外面的世界，领略不一样的天地，她是我们最爱的宝贝。

　　十几个小时的飞行是漫长的，在我和咪宝都是第一次，我没有问题，但内心隐约还是有些担心咪宝晕机，之前有过香港的看医生和长滩岛呕吐的经历，心里多少有些没底。

飞机上，咪宝一路睡觉，躺在我身上。我一个接一个地看英文小电影，一连看了四个，爱情片。飞机的小窗板都是关着的，我不敢开灯看书怕打扰她，电影就成打发时间的最佳选择了。看一会电影，胡乱地想一些事情，远的近的，有一搭没一搭。为了享受飞机上的漫长时光，我曾经带了四本书，飞巴黎的航班上一本也没用上。

吃了一顿午餐和晚餐，飞机降落法国戴高乐机场，在即将落地的刹那，咪宝醒了，恍惚间要垃圾袋。心说不好，她不舒服了。于是飞机还没落地，咪宝就吐了。我的脑子一下晕了，脸上现出了愁容：接下来的旅行会是什么样子？她能玩得好吗？刹那间心里多了很多的担忧和顾虑。心疼眼前这个小孩儿。

将这一切短信给了她爸，欣欣的心情和我一样。在这个世界上，恐怕我们是最疼她最牵挂她最爱她的两个人了吧。然而在巴黎只是转机，接下来几乎没有停留的时间就又要飞往罗马了。

在戴高乐机场，咪宝又吐了。好在赶上法航的员工大罢工，飞机晚点一个多小时，这一个多小时，咪宝就在椅子上休息。

又经两个多小时的飞行到了罗马，咪宝还是不停地吐，水和胆汁。我的心是沉重的，到达罗马，回到酒店就立刻休息了。

罗马时间早上四点多醒来,我给她烧了点热水,喝了一点,咪宝让我打开她的箱子,说要吃里面的山楂卷。一丝欣喜掠过心头:小孩儿是不是好点了?佛祖保佑,让她恢复正常,吃喝玩乐。

早上她老爸问吃得怎样,我说还好,他才有些放心了,让我们好好玩。我们的第二天,是罗马。

2014年8月3日,佛罗伦萨

梵蒂冈·罗马

一早醒来,拉开窗帘,外面是湿润的,显然是下过小雨,车上,房屋上,地上,都是湿漉漉的。咪宝情况稍好,我的心情也好了起来。一起吃了早餐,就奔梵蒂冈圣彼得大教堂了。

梵蒂冈是位于罗马西北的一个"国中国",是世界上最小的国家,而圣彼得大教堂则是世界最大的教堂,是天主教徒心目中的圣地,文艺复兴时期的多位建筑师和艺术家如多纳托·伯拉孟特、米开朗琪罗、拉斐尔等参与了设计。导游没有讲解,排队,照相,浏览,全是自便了。但我还是被教堂富丽堂皇的设计和精美雕刻惊呆了。教堂的高大穹顶平添了教堂的庄严感,据说这个圆顶先后由布拉曼特、拉斐尔参与设计,拉斐尔去世之后,时年71岁的米开朗琪罗又接替了该项工作,直至完成。圆顶廊檐上有十一个雕像,耶稣基督的雕像位于中间。教堂内各个殿堂的门楣、廊柱、四壁都布满了壁画和浮雕，这些作品以《圣经》为主题，件件生动。在教堂的门口，我们看到米开朗琪罗早期的著名代表作——他的大理石雕塑《哀悼基督》，耶稣被钉在十字架上之后，圣母玛丽亚怀抱着他的身体，眼中是无言的悲痛……那一个瞬间显示的是神性，亦是人性，过往的游人无不动容。

教堂内还有很多其他艺术家的作品，虽然我不能透彻地明白每一幅作品隐含的故事和文化，但我能感受到其中的美和震撼——那是超越了政治和宗教的纯艺术的美，是艺术与时代的长相呼应。在欧洲，政教合一的历史或给那里的社会蒙上过恐怖的阴影，但艺术，穿越时空，留给人们的依然是美和震撼。那是一种怎样的力量？那是一条怎样的线索？

人类社会，在不同的地方经历了不同的起伏，明暗交替，不曾停息，和历史的中国一样，历史的欧洲也曾经历了无数的斗争和杀戮。就是罗马，从六七个畜牧的部落发展到强大的罗马帝国，获得了荣耀和辉煌，也付出了无数牺牲的代价。难以想象，荣耀的背后，又隐含着多少的残忍？人们歌颂胜利，却不去想胜利的背后，又有多少流逝的鲜血和生命？

然而，也许这就是社会和人性。在有些人的心里，权力，地位，拥有，是高过生命的。久而久之，战争成为罗马人生命中的题中应有之义，依迪斯·汉密尔顿在《罗马精神》一书中解读罗马时说："罗马人是优秀的战士，战争是他们最自然的表达方式。"甚至古罗马人性格中残忍的一面亦由此形成，给那个时代和族群打上野蛮的烙印。角斗场就是典型的一例。也许只有看惯了流血的罗马人，才会对昔日角斗场上的拼死厮杀兴高采烈，才会对一个个倒在血泊中的活生生的肉体倍感麻木和无动于衷。当然，那些被迫或情愿到这里来送命的，大多是奴隶、罪犯和下等人。

在你死我活的斗争中，罗马帝国也在不断地变幻，直到公元476年的灭亡，历史将欧洲推向黑暗而漫长的中世纪。

战乱的环境下，圣彼得大教堂和教皇也曾受到威胁，据说16世纪初罗马帝国前来攻击时，为了保卫教皇，100多个忠实的瑞士卫兵战死在教堂外，这个举动让教皇深为感动，自此决定世世代代雇佣瑞士卫兵保卫教堂。

一切都灰飞烟灭了，昔日那个战无不胜的庞大帝国也变成了一座沧桑的城。梵蒂冈圣彼得大教堂里仍有来来往往的人在这里祷告，瑞士卫兵穿着昔日的戎装也还在教堂旁守卫着，回望着历史，眺望着未来。

走出梵蒂冈，那个沧桑但几乎完好无损的罗马城摆在了我们面前，我们似乎忘记了曾经发生在这里的一切，对着这座古老的城，对着它坚固的大理石雕刻由衷感叹。在我们的眼里和心里，此时只留下了艺术，它以一种美的方式触动着我们。一些东西是脆弱易逝的，另一些东西却是恒久隽永的，穿越时空，只有美带着蓬勃的生命力得以永恒。

导游说，很多建筑是用几百年的时间建成的。这已经超出了我的想象和理解范围。十几个小时的飞行，已经让我们看到了不一样的世界和民族。在建设这些城堡和城池的时候，有些他们是知道自己将毕生无法享用的，那么他们又是怀着怎样的目的、信仰和心情仍然一点点地去构建呢？

十几个小时之外，人的思维竟然如此不同。

随着大巴车的前进，我们不时地也会看到一些残垣断壁，或是建了一半、被永久地掩埋在历史尘埃中的城池遗迹，不知道几百年上千年的这里，曾经活跃着什么样的人物，发生了怎样的故事，而一切的一切，在该停止的时候还是定格在了那里。去角斗场的路上，坐着旅行社的大巴穿梭于罗马的大街小巷，心中不时地浮起了无限的联想……

2014年8月3日，佛罗伦萨

那些地方

佛罗伦萨

一

第三日,我们怀着期待来到佛罗伦萨——文艺复兴的发源地,试图在这里体会一下文艺复兴的气息。

佛罗伦萨也是一座古城,视觉的印象虽无罗马的古老,却也带着历史的沧桑与沉稳。喜欢欧洲这种城市的基调,灰白的石头建筑,风格一致,却不显得呆板和单调。

圣十字广场前鸽子掠过头顶自由地飞落,静落在教堂的房瓦或是大理石雕像上,灰白的毛羽和这里的色调及气氛如此和谐,是城市的一部分。广场和街巷里有人拿着自己创作或印刷的画作向往来的游人售卖,有人就在街边作画。刹那间我感受到,这是一个热爱艺术的城市,这让我想起黄永玉《沿着塞纳河到翡冷翠》里描写的佛罗伦萨的艺术氛围,以及他作为一名艺术家在这里受到的欢迎和爱戴。在这里,他每天天刚刚亮就支起画架乐此不疲地画画，佛罗伦萨的气质无疑是适合他的。一天，他在一家还没开门的钟表店前画画，当钟表店开门，他要挪地方时，被钟表店的店主阻止，店主不但坚持让他在门前继续画，还热情地端来热水给他喝，将他让到屋里休息……这就是深入民间、深入骨髓的艺术氛围吧？于不知不觉中早已成为了城市性格的一部分。而艺术的确是需要氛围的。历史传统的积淀、艺术家的集聚、艺术条件和艺术环境的营造、大众骨子里对于艺术的欣赏与热爱，对于一个城市艺术氛围的形成都至关重要。在中国也有很多独具魅力的艺术区域，如以陶瓷闻名的景德镇，以风筝著称的潍坊，以年画为代表的杨柳青，等等等等，均形成了自己独特的艺术风格并作为传统被继承和延续了下来。北京的798、宋庄，历史虽不悠久，亦是在诸多因素的共同作用下逐渐形成气候的，并且随着时间变迁，内容不断地丰富、发展和深化，影响力不断扩大。艺术是城市的一片净土，受到翡冷翠的感染，黄永玉说，意大利人是离上帝最近的。

艺术活着，一个城市便深具魅力。不同于其他古城的沉闷，佛罗伦萨的古老中仿佛透着某些鲜活浪漫的气息。大诗人徐志摩曾经给它取了一个诗意的名字：翡冷翠。此时的我仿佛听见多情而忧郁的诗人在他的《翡冷翠的一夜》中深情的吟咏："你真的走了，明天？那我，那我……"是的，该走的，都走了，那一片赤诚的诗心和热爱还在，这些不同形式的文艺作品,是他们在这个曾经来过的地方特意留下的印记,带着温热的呼吸,带着欢喜抑或忧伤的记忆,被后人传诵,缅怀,并与后人作着深切的呼应。

而眼前的圣十字大教堂里,就葬着米开朗琪罗、但丁等一度为佛罗伦萨人引以为豪的诸多文学和艺术大师。

教堂前的空地却是中国旅行团的午餐集散地,教堂的台阶上坐满了黑头发黄皮肤的旅行者和举着小旗帜的旅行团领队。等待午餐的间歇,一个中年意大利男子向我们推销他的画,有山水风景,有威尼斯的贡多拉,有佛罗伦萨的教堂街景。有人问多少钱,说50欧,见我们不要,一路地将价格降下来,直至5欧,5欧也没有人买。他又拿出《蒙娜丽莎》的复制品,见还没有要买的意思,就拿着画走了。

在导游的带领下,穿梭在佛罗伦萨的小巷里,两边的石头房子和地上被人踩踏、风雨侵蚀出的坑洼的石头路面,不时地提醒着我们这座城市的古老,在时空里,导引着我们去想象昔日的繁华市景。

导游是为了带我们去参观圣母百花大教堂,当我们从窄窄的小巷中走出来,眼前一座红绿白三色高大建筑横亘过来,恢宏而肃穆。马路和视野也顿时变得开阔了。熙熙攘攘的人流中还不时有马车穿过,不疾不徐,淡定从容。而我们的行程却是仓促的,导游给我们十分钟让我们绕到教堂的正门,去看被米开朗琪罗称赞过的"天堂之门"——无论在罗马还是在佛罗伦萨，这位大师总是不经意地出现，圣彼得大教堂的《哀悼基督》雕塑，佛罗伦萨的大卫像……他的一生，就是石头上的一生，如果不是命运波折，一度想要雕刻整座山头的他还将释放出更强大的能量。而几百年前，除米开朗琪罗之外，这里曾经活跃过那么多的艺术大师，达·芬奇，拉斐尔……他们仿如灿烂的群星，点燃了欧洲繁荣的文艺盛景，为世人留下珍贵的艺术瑰宝和丰厚的精神财富。不知道我们脚下的这片土地，曾被他们多少次地踩踏。不同际遇不同个性的他们，时而竞争，时而合作，用各自独特的生命和才情创作出无可复制的旷世杰作，如今的大师，已经离我们而去，然而影影绰绰，似乎又到处是他们的行迹——他们的作品，他们的住所，就散布在城市的每一个角落，走在任何一个不起眼的街巷里，我们都会经意不经意地与他们相遇。

就是在这片灰色的建筑里，在一个再普通不过的小巷里，我们邂逅了但丁故居。如每一栋石头房子那样，它保存完好，静静地待在那里，只是灰色的外墙上有意文的解说和但丁的头像雕塑。那一刻，陡然间感觉这位中世纪的伟大诗人还活着，就在他的家里。

时间仓促，导游没有给我们机会去拜会。在附近的市政大厅大卫的仿制品前，我们也只获得了十分钟的照相时间，然而欧洲，然而佛罗伦萨，是只为来照相的吗？不是的！在那照片定格的瞬间，在历史的深处，这包含了太多的故事和内容，有朝一日，是需要再回来的，那一定不是跟团的旅行，而是一点一点用心品味，在这座容纳了太多文化的古城，我们竟然没有看博物馆！竟然没有看美术馆！遗憾是必然的，但又是坦然的——终有一日，真的需要再来。将这份强烈的期许留给或许并不遥远的未来吧。

我对咪宝说："将来应该再来，如果你读美术学院，那是一定要再来的。"

走出市政大厅，只见广场上的行人来来往往，骑着高头大马的梅迪契雕像立在广场的中央，作为昔日佛罗伦萨的统治者，热爱文艺的他对于佛罗伦萨的文艺复兴功不可没，梅迪契家族曾经作了大量的艺术赞助和艺术收藏，米开朗琪罗就曾长期为梅迪契家族效劳，与梅迪契家庭保持了良好的关系并受到梅迪契家族的保护和尊重，为世人留下了许多艺术珍品，也留下很多动人的故事。除此之外，梅迪契家族对于科学的贡献也是不容忽视的，这主要体现在对于达·芬奇和伽利略等天才的赞助上。

旅行才进行了二日，我们的行程刚刚排到了佛罗伦萨，我已经爱上了欧洲，那些敦厚坚固而又朴实沉默的大理石建筑和无所不在的艺术创造无时不在默默地诉说着历史，在第一印象里就给人震撼的感觉，使我们的想象和触觉刹那间延伸至另一群人、另一个社会和另一个世界。

而思绪，却会在不同的时空穿梭闪回。回想当年，当郑和带着世界上最强大的舰队下西洋,当丝绸之路延伸至欧洲,给西方带来不可企及的东方神话,那只不过是几百年前的事。如今的东方在赶超西方,怎知彼时的中国曾是全世界最强大、最辉煌、最富有的国家。然而几百年后,八国联军火烧圆明园,一方面是西方的崛起,一方面是东方的衰落,文艺复兴救了欧洲,这难道不该给今日的中国以深刻的启迪吗?

欧洲给了我们太多的思索,佛罗伦萨给了我们太多的思索。

二

这几日基本上是跟着导游四处奔走,被意大利沉默寡言的老司机带着从一个城市到另一个城市,一天一个地方,有点眼花缭乱的感觉和世界博览的意味,就像快速地翻一本书,来不及细看,而对于欧洲,对于这里的每一个城市,恐怕连大意都谈不上,只是皮毛。因为这里的每一座房子,每一条街巷,每一座教堂,每一个博物馆和大师的故居都有故事,这些故事是可触的,而不是像中国,很多事情只是化为了书中的文字或历史的粉尘,有种半信半疑的恍惚感。在这里,大师的家就在这里,几百年前在这里,今天还在这里,时间是延续的,历史是延续的,任何一个人物和故事都能找到可靠的线索。

　　这就是文化吗？这就是底蕴吗？这就是内涵吗？作家冯骥才在欧洲旅行时曾多次提到欧洲建筑历久不变的格局，和那里的人们对于历史的尊重，作为旅人的他许多年前去到那里，是这个样子，许多年后再去到那里，还是这个样子，这让他倍感亲切，而世代居住于此的人们，其历史记忆更是完整的、连续的，因没有被人为地割裂而保持了一份独有的安然与宁静。而我们的北京，我们的上海，我们的天津，还在拆拆拆，唯恐跟不上时代的步伐。时代是什么？时代不是切断了历史和记忆的孤零零的存在，它透着未来的气息和召唤，亦有割不断的历史情怀，它有时不我待的商业文明，亦有温暖的人文关怀，时代的进步一定是二者的共进，单纯的物质文明无法给人类带来持久的幸福。

　　我离开山东东明的家到北京已经23年，而这二十多年间，家乡已经发生了天翻地覆的变化，昔日时常和父母姐妹一起光顾的电影院不在了，和姥姥一起去看戏的戏院不在了，那些熟悉的街巷和房屋也都焕然一新，但再回到家中，置身于这个从小生活的小城，却意外地感到了些许的陌生，那维系着感情和记忆的纽带与载体哪里去了？回到母校也是如此，菏泽师专的校园已经扩大了许多倍，好不容易找到了昔日的教室，外墙已经被写上"拆"字，窗外的丁香树也已不见了踪影，彼时彼刻，内心深处竟然产生了一丝莫名的感伤……

记忆的割裂,有时真的透着某种被剥夺的残忍。

欧洲的几日,时间是无比仓促的,而不曾料想的是,仓促的几日却已经给了我无限的思考。

也许这就是导游说的,走万里路胜过读万卷书?

2014年8月5日早,威尼斯SMART假日酒店洗手间

(怕影响咪宝休息,这两日洗手间成了我的工作间)

威尼斯

来意大利之前,女儿最为期待的恐怕就是水上之城威尼斯了。这天,我们从潟湖边的码头登上渡轮专程去看望了它。

水上的威尼斯的确呈现了不一样的风情,远远望去,圣马可广场前的钟楼高高耸立着,成为这里最高的标志性建筑。而在它的下面,则是亚得里亚海上的大街小巷。我们乘坐贡多拉,走街串巷,从水上的家家户户经过,海水漫过台阶,使我们联想到他们亲水的日常生活。

然而,据说岛上的30多万居民已经有30万搬离了威尼斯岛,移居了别处,只有5万居民摇着贡多拉在这里生活,原因是来自世界各地越来越多的游客挤占了他们的生活,使原本喜欢清静的他们难以清静。

威尼斯是世界上唯一不跑汽车的城市,贡多拉是这里的主要交通工具,我们见到的贡多拉比早先图片上看到和课本上读到的感觉略大,尖尖的船头高高地翘起,每条船坐6人,船夫在后面摇桨，带我们走过一条巷又一条巷，穿过一座桥又一座桥。

在威尼斯岛上，桥是最司空见惯的风景，四通八达地连接着每一条小巷，而在每一座桥上都有众多的行人来来往往。本地的导游带我们去看坐落在小巷里的一家水晶工厂，经过一座小桥时，我看到桥上挂满了锁，这让我联想到在泰山，在寺庙，人们为了祈求吉祥，也将锁挂在寺庙的栏杆或树上，愿上帝满足每一个人内心深处善良而美好的愿望吧。

水晶的工艺经过老工人的手，变幻出无穷无尽的艺术，在光怪陆离之中，这座城市变得更加迷人了。

圣马可大教堂无疑是这里的心脏，有了它，这片陆地似乎才显得安稳。欧洲的教堂太多了，圣马可是其中一个，似乎也未显得过于特别，但教堂前的圣马可大广场看上去却十分震撼。虽然广场四周的大理石建筑被工业革命的排放物氧化，罩上了一层斑驳的黑色，但昔日的气势犹在。广场四四方方，据说曾是拿破仑办公的地方，而在它的一角，则是我们在渡轮上远远看到的大钟楼。当地的导游让我们看钟楼上方的四个小门，她说当年伽利略的自由落体运动实验就是在这里完成的。在世界各地，不管是意大利还是中国，不管是威尼斯还是北京，为人类历史作出过贡献的伟大人物总是被人们记住、想起，而在欧洲的威尼斯，人们无意中用另一种方式加固了这种记忆，那就是建筑。那些闪耀着光彩的人物一个个地去了，而曾经留下过他们足迹的一个个的建筑还在，千百年来，它就站在那里，一遍遍地向人们述说这里发生的一切，一年又一年，一代又一代。

在陆地上的小巷里，我们逛着纪念品小店，女儿在水晶作坊里看到的一枚水晶压花的圆形小项链，在旁边紧挨着的一家小店里仅卖25欧，比水晶作坊便宜了一半。而沿街的小店越往外走，价格越低，20欧，18欧，直至15欧，呵呵。

等走出小巷已是中午，我们按照导游说的，沿着国父雕像后背的方向到第四座桥去找我们的集合地点，而那时的桥上已是人山人海、摩肩接踵了。刹那间我深切地体会到岛上的居民为什么纷纷地搬走了。穿行在我们身边的黄皮肤、白皮肤、黑皮肤，这里都不是他们的家，他们接二连三地来到这里，只是因为好奇，只是为了观光，只是一日或半日的逗留。我是其中之一。而昔日平静生活着的岛上居民却要日复一日地被无边的嘈杂包围，那是何等的厌倦和无奈？是这些包括我在内的游客剥夺了他们的生活，想到这里，内心突然有了一种复杂的感情。远方和近处的亚得里亚海上还是一片宁静，海鸥自由地翻飞，而这边，这仅有的陆地之上是黑压压的人群铺天盖地地涌来，似乎已经无法想象昔日平静的小岛是一番怎样的模样。

导游说，威尼斯是建在木桩上的，所有的建筑都建在木桩之上的大理石地基上。人类为了生存，为了生活，向大海要土地,要家园,而他们的家园,又在顷刻之间被眼前这些不相干的人们侵占,恍惚间有种游戏人间的感觉。

而这就是威尼斯,我们只停留了半日的威尼斯。

2014年8月6日早,
热那亚Starhotels Pillow mania酒店

摩纳哥·尼斯

今天一早从热那亚出发去摩纳哥公国。摩纳哥被法国包围,却是一个独立的国家,据说全国面积只有1.6万平方公里,去那里只是为了去看那里的大赌场。导游说他对旅行社的行程有些不理解,但他还是带我们去了。也许摩纳哥作为一个国家,旅行社认为应该顺便到此一游吧。

而下午的戛纳,导游认为更没有意思,只是图个名气而已。况且从摩纳哥到戛纳有些绕道。经和司机商量,导游将戛纳的行程和次日的尼斯作了交换,游完赌场,去尼斯的蔚蓝海岸。没有准备去海边,却在海边待了两个多钟头,烈日下面朝大海。而身后是无数暴晒的白种人,躺在海边的鹅卵石上。对于他们来说,那是一种享受。而这里的人也实在太多了,有点像辽宁的葫芦岛,只是比那里干净,海水碧蓝,透明,然而没有沙滩,全是石头,然后就是数不清的晒太阳的人们,我怀疑全世界太阳浴的人们都跑这里来了。虽然有时候越是慕名而来，越是容易失望，太过有名、太过热闹的地方，也未必就是理想的天堂。

但离开海滩，离开拥挤的游人，远远地回眸，尼斯的海一片湛蓝，却是异常的美。

而我，实际上还搞不清尼斯到底属于哪个国家，意大利，法国，摩纳哥，往来穿梭，轻易出入，国界已经模糊了。问导游才知道它过去是意大利的土地，这里的人们也大都是意大利的后裔，而它后来割让给了法国，也就是说，今天它是法国的领土。

原以为从意大利会去瑞士，没想到先行已经到了法国，明天再去瑞士，然后再返回法国，反正哪里顺道先玩哪里就是了。

每天，就这样坐着大巴从一个地方到另一个地方，一开就是三四个小时，四五个小时。车上，导游会抽出一些时间讲解城市的历史。而摩纳哥和尼斯，包括戛纳，导游说没有历史可讲，于是他就推荐他认为世界上最好玩的海洋和山水，讲到马尔代夫、夏威夷、东南亚，讲到瑞士、加拿大和希腊，他说他去过80多个国家，他用他自己的观点向大家作推介。这是一个有个性有主张的导游，其个性和主张很符合台湾人的性格和氛围，自由发表。行程里的自费项目他不推荐的就不推荐，"看了世界第一，就不要看世界第二"。讲究品质，说下次要再来自由行，不要说没机会，今天你带着孩子来，明天孩子带着你来。

想想也是不无道理。

行程换了之后,今日的安排变得十分闲散,晚饭后早早回到酒店,推门进来,一份惊喜,这回再也不是窄窄的小房间、每天早晨我都得被挤到卫生间写字了。推门看到一个带开放式厨房的客厅,然后是卧室的套间、独立卫生间、洗手间,还有一个十分宽敞的大露台。卧室和露台的对面是一个大湖,无数的海鸥和水鸟在飞翔,心情顿时豁然开朗,见有人来,房顶的海鸥翩翩飞起,心旷神怡,真是美极了。

想打一个电话或发一条信息给欣欣,一看表,北京时间半夜一点半,算了。

而孩子们也十分欣喜于这个宽敞的空间,此时,四个小屁孩儿正在露台面湖打牌呢。

多么愉快的假期,多么愉快的旅行。

2014年8月6日晚,法国尼斯MMV酒店

戛纳·艾日

上午离开尼斯的MMV酒店前往戛纳。戛纳因为戛纳电影节而闻名，待真正到了那里，矮矮的展馆在街边很不起眼，完全没有了电视直播的热闹和壮观，还原了一座普通的建筑。是的，很多的光环都是人为赋予的，浮华的一切总有散去的一天，貌似光鲜的一切，实际也都是极其普通的。展馆前面的地上印了一些所谓名人的签名和手印，而不追星的我，一个也不认识，那名利追逐和熙来攘往的一切，似乎离我那么远，激不起一点内在的感应与共鸣。

沿着这条街继续往前走，看到了海，原来戛纳也是一个海边的小城，心中顿时平添了许多欢喜。每年夏天，女儿放了暑假，我们都会带她到海边，去赴愉快的大海之约，大海，一度寄托和承载了无限美好的想象，给我们带来无穷的欢乐。和女儿绕到海边，蹚着海水，今年夏天算是也与大海有过一次亲密接触了，不多的一二十分钟，却感到十分惬意。有了海，别的便都不需要了。而这里的海，又比尼斯的蔚蓝海岸舒服了很多,太阳升得还不是很高,天也没有那么热,白色的沙滩很细,很干净,沙滩上有人晒太阳,但不是很多,不像尼斯的海岸人满为患,而是散散淡淡,宁静休闲,不想离去。而导游给我们的时间不多,无法在此处流连太久,遗憾,遗憾。

下午去了法国的艾日小城,行程上说,艾日像鹰巢一样悬在429米的悬崖峭壁上,身在其中,虽没看出它像鹰巢,但斑斑驳驳的石头台阶和房子却显出了它的古老。据说这是一个有着1200年历史的小城,在欧洲,类似这样的小城一定有很多,一路上都可以看到类似的村落,而今天,终于可以走近它了。山并不高,这里的房子目前多数作了商用,像中国的旅游景点一样,大多是些店铺,售卖各种纪念品,或开了咖啡馆、比萨店,带咪宝在那点了一个比萨,有种咸鱼的味道。山顶的观光是收费的,12岁以上6欧元。上面是个宫殿,过去是王宫,今天已是废墟,而自山顶往下望,风景却是绝好。旁边的山头云雾缭绕,如入仙境,阳光照耀下的地中海一片湛蓝,如导游所说,地中海风平浪静,一片祥和,被海岸优美的弧线环抱着,宝石般湛蓝的平静海面上似有点点船只,被美景所诱,又是不忍离去,而又是不得不离去。世上美景,究竟能被我们几时拥有?不去想它了。而旅行,总是将我们的思绪拉向不曾料想的地方。

2014年8月7日晚,意大利某小镇Holiday lnn酒店

阿尔卑斯山·因特拉肯

一

阿尔卑斯山,许多年前在课文中学到它时觉得它是那么遥远,而今天,我们登上了它。

从意大利开车到瑞士,车行驶在阿尔卑斯山脚下,两边一路好风光。大片的草坪连接着青山,咖啡或米黄色的小木屋点缀其间,人与自然显得那么和谐舒适,湖光山色,绵延不断,如在画中。山脉连绵起伏,有几分峻峭,有几分雄伟,时而云雾缭绕,时而白雪覆顶,背景是通透的蓝天,阳光掠过山峦,一览无余地照下来,窗外不时有湖泊出现,碧绿的湖水平静清澈,被青山、绿地和散布其间的小木屋环绕着,很有情致,坐在车里的我们顿时心生向往,好想有一个时刻能够停下来,融入其中,欣赏大自然的神奇造化,感受大自然的美好气息,让愉悦长久地驻留心间。而大巴车只是载着我们一路地向前。

我的眼睛始终被窗外的景色吸引,无法从眼前绝美的景致中移开——在我的所到之处,这里是唯一使我一见钟情、于到来的刹那便不想离开的地方,恍惚间头脑中甚至产生了冲动和幻想:如果能够长居于此,该将多么美好。在本性中,我们与自然、与美原本如此接近,在某一个机缘到来的时刻,我们完全被激发和触动了,在那一刻,大自然的美与我们的内心作着深切的感应,使我们产生与之合而为一的冲动。瑞士就是这样一个地方。

两边的绿地之上,有时还能看到牛羊和鹿,房子和房子之间是大片大片的绿地,这些都是大自然慷慨的馈赠,在这里,可以充分展示欧洲居家的独立性情。不像中国的城市,门挨门户挨户,丧失了许多的私密空间,开发商为追求利益最大化,不惜将楼房盖得越来越密,时常会感觉透不过气。也不像东京的摩天大楼一幢紧挨一幢,遮挡了蓝天和视线,身在其中会有胸闷的感觉。

一路上,导游给我们讲了很多瑞士的世界之最,从瑞士的表讲到瑞士的巧克力,从瑞士军刀讲到瑞士银行,说瑞士是一个聪明又浪漫的民族,不像德国人那么呆板。他说他很不喜欢德国人,此次世界杯夺冠纯属好运,球踢得毫无情调。呵呵,若是讨厌一个人,大概身上便毫无是处了。不过我有同感,也许德国人很多方面令人钦佩,但那并不意味着就可爱。

回到正题,还说瑞士。今晚在瑞士一个小镇——因特拉肯吃了一顿愉快的瑞士火锅。火锅就是几片牛肉，跟中国的火锅不能相提并论，但彼时的氛围却热烈而难忘。餐馆的一对老夫妻吹拉弹唱地表演节目，老妈妈一台手风琴，一曲接一曲地唱瑞士民歌，老先生用号角欢迎我们，还让孩子们上去试吹。咪宝第一个上去，试了很多次，最后还是将这个大家伙吹响了。这是音乐，是艺术，大概需要一点点技巧。接下来老先生又拿来各种乐器，那都是取材于日常生活，最后索性扛着一把笤帚，一根竹管，敲巴敲巴就是音乐。孩子们兴致很高，一起上台演奏，大家给他们打着节拍，餐厅顿时变成了欢乐的海洋。

简朴的生活也可以过得幸福和快乐。而餐厅里的装饰尽是一些木轮车，农作物，酒瓶，正中绣了一面白十字国旗，被美丽的鲜花簇拥着，看上去非常美。舞台的前侧也摆了一面小国旗，让人感到他们对自己的国家是真心热爱，这片土地给予了他们富足和欢乐，一顿饭的工夫，我们也被深深地感染了。

2014年8月8日晚，瑞士某小镇SunStar酒店

二

从意大利来到瑞士，那就是从古老的中世纪来到大自然的绝美风光，瑞士美到让人窒息。

在因特拉肯小镇停留的一两个小时里,我们坐着观光的小火车绕镇一周,大片的白云环绕在山间,仿佛定格在那里,远远望去,如临仙界。碧绿的草坪铺展过去,在近处大树的映衬下,充满了诗情画意,让人不忍离去,镇上有教堂、旅馆、饭店、住家,有卖瑞士表和军刀的商店,宁静中又充满了生机。

我和咪宝在商店里买了三把瑞士军刀,其中咪宝自己买的一把小刀她特别喜欢,一直拿在手里,另两把分别给爸爸和爷爷。之前她给爸爸打电话说给爸爸买表和军刀,爸爸说他不要,让她自己看看她喜欢的东西。于是咪宝就说爸爸说他不要,那我给爷爷买一把吧。我说其实爸爸也未必不想要哦,买的时候还是给爸爸带了一把,咪宝心里有他们就好。

下午我们登上了去卢塞恩的"金色列车",如导游所说,一路上的风景又让我们"拍照拍到手软"。看着那些镶嵌在广阔绿地中的漂亮房屋,心里禁不住再次念叨:这辈子我要是住这就满足了。设想一下,每天,融入大自然,呼吸着新鲜空气,闻着青草的气息,被明媚的阳光照耀着,读点书,写点字,画点画,那将是一种怎样的感觉?不敢奢望。面对如画的景色,竟然再次产生了想要留下的冲动——我们去到的每一个地方,都与我们有着或深或浅的机缘,感应的背后,或许就隐藏着某些天性的接近或相似,在这里,没有纷扰,没有杂念,没有熙来攘往,没有功利是非,天地之间,所到之处，除了美，还是美，单调，但却安逸舒适，坦荡从容。

两天游下来，阅不尽瑞士的好山好水，山下的湖泊是那么蓝，连着岸边的青草，人们就躺在草坪上闲闲地待着，享受他们的假期或日常生活，一任光阴恣意地流淌。8月是欧洲的度假月，沿途看到有车子拉着一家大小和游艇外出度假，也是一派惬意、欢乐和闲散的格调。瑞士是他们假日的好去处：当你真的身临其境，你看到的景色跟图片中浏览到的景观绝不相同。图片是死的，会因未曾见过真景而有一种现实的隔膜与不真实感。而眼前的景色是活的，是真实可触的，因此也更令人兴奋和向往。人，离自然近了，便与世俗远了，与自然融入的过程，就是自我净化和升华的过程，在这个被裹挟于广袤大自然的过程中，人会变得愈加地简单纯粹，愈加地无挂无碍、豁达宽广和自在洒脱。

这里，是我迄今见过的最美风景了，我想说我爱瑞士，它让我见识了如此美的土地，一半来自天然的造化，一半来自人们的劳作。据说各自门前的草坪都需自己修剪打理，在感叹它的美的同时，我们又不禁感叹这又要付出多少的劳动。而正如昨晚民俗餐上那对老夫妇表演的民俗歌舞，劳动带给他们快乐和生活的美。

当穿行在这一片画中的世界，心中充满了向往。

2014年8月9日晚，巴塞尔希尔顿酒店

那些地方

凡尔赛宫·塞纳河

昨天一早,离开巴塞尔的希尔顿酒店,到对面的火车站乘火车去巴黎,大约3个多小时以后到达了浪漫花都巴黎。

巴黎的建筑多为260多年前的建筑,后经拿破仑三世的"奥斯曼改建",巴黎大都市的面貌基本形成。巴黎的建筑规格、模样基本一致,宽阔的马路两边,石头房子是对称的,这就是所谓的新古典主义风格,和欧洲其他地方的古建筑一样,很大气。咪宝对建筑也很感兴趣,到了巴黎拿着手机对着两边的建筑拍。而我喜欢巴黎的塞纳河,去凡尔赛宫的路上,不时看到塞纳河出现,顿时使这座城市充满了活力。是因为这条河有着太多经久不息的故事流传,并频繁地呈现在中外的文学作品中吗?塞纳河左岸的人文风光,右岸琳琅满目的商场店铺和现代文明,都曾吸引全世界的目光。在我看来,作家笔下塞纳河左岸的书摊、旧书店,以及文人雅士来此漫游、淘书的故事是迷人的,这些人这些事,构成巴黎独特的文化现象和文化景观。

穿过塞纳河，我们先去参观凡尔赛宫。这座路易十四国王兴建、花了170多年建成的宫殿，极尽了奢华，而我最爱里面的油画和壁画，有一年中国国家博物馆曾经展出来自凡尔赛宫的艺术作品，而比起国家博物馆展出的寥寥的一些画作，这里简直就是艺术的盛宴。在这里，我们看到了过去在国博展出的亚历山大的油画。再次看到，它待到了它该在的地方，那看上去更加合乎时宜。很多很多的艺术精品，真是美不胜收。那些女人带着小孩的画作尤其引起我的注意，那是爱和美的象征，刹那间唤起内心深处美好的情感，站在画前，依然是流连忘返。

看得仓促，匆匆浏览一遍出来，乘船游塞纳河，靠在船边，浏览两岸风光。游船载着我们一路经过罗浮宫、巴黎圣母院、奥赛博物馆、埃菲尔铁塔，思绪随风飘散……

巴黎是个浪漫的都市，一路上我们感受到了法兰西民族的热情，我们的游船每过一座桥，都见桥上有法国人停下来，趴在栏杆上朝我们挥舞手臂，孩童般热情地打着招呼，每个人脸上的笑容都是开心和灿烂的。船上的游人受到感染，也热情地向他们挥手呼应。我摘下黄色大太阳帽，向他们挥舞，想必十分扎眼，此情此景，极富浪漫色彩，恍惚间有种电影镜头的感觉。从某一座桥经过时，我看到一个小男孩儿被爸爸抱着，使劲朝桥下的我们挥着小手，笑脸那么天真那么烂漫那么美，顿时让人心生感动和爱怜。是在那一个刹那，我爱上巴黎的。这里有种温暖的气息。

而塞纳河的岸边，却意想不到地有沙滩、躺椅和太阳伞，人们在躺椅上无所事事地晒着太阳。据说每年7月，巴黎的塞纳河边都要举行沙滩节，他们，还要带着大海的想象，穿着比基尼，在塞纳河边尽情地享受太阳浴。这，只有浪漫的法国人才能想象得出来吧？难怪冯骥才先生会在《西欧思想游记》一书中说：法国人的浪漫是敢浪漫。

河岸的另一侧，是另一番温馨的情调，和男友挽手散步的法国女孩金发披肩，轮廓清秀，有种说不清的美，映衬着这座城市的浪漫。

我们来的8月，正是法国人度假的8月，大部分的法国人都外出旅行了。扫舍在《灰屋顶的巴黎》中描述8月的巴黎像一座空城，不管有多要紧的工作，在这一个月里，法国人统统都会放在脑后，没有人愿意失去属于自己的幸福时光。然而眼下的巴黎城依然是热闹的，法国人走了，世界各地的人来了。巴黎，永远都不寂寞。

2014年8月11日早，巴黎

罗浮宫·凯旋门·埃菲尔铁塔

昨天去罗浮宫看蒙娜丽莎,这是镇馆三宝中我最想看的,因为在菏泽师专读英语系时,我被同学取外号叫阿蒙,就是因为蒙娜丽莎。罗浮宫之行,见了她便不遗憾了,可能的话再和她合张影。缘分。

跨越时空,跨越国度,人与人的沟通与联系的确是充满了神奇。

《蒙娜丽莎》的画前人山人海,带我们参观的法国导游操着一口台湾口音让我们不要越过栏杆(这位法国导游交了一位做导游的台湾女友,这台湾口音全然是受女友影响),因为过去他带的旅游团曾在这里遭遇扒手。

我没有听他的话,而是挤在了人群中,挤到了侧面、正面,对着《蒙娜丽莎》拍了一些照片。真品的《蒙娜丽莎》调子更亮,皮肤更白更细,表情更显宁静安详与高贵,有与印刷品不一样的气场。围观游人最多的就是这里了,无法看得仔细，但匆忙间也已感觉到艺术的美。无论如何，有了这一刻的邂逅，便不虚此行。

而罗浮宫，还有很多精美的艺术名作。其他两件镇馆之宝维纳斯和胜利女神像也在这里，那分别是残缺和想象的美。断臂和残缺的肢体无法还原，因此也留下了更加自由和广阔的空间，在每一个人的头脑里，创造着，无穷无尽。

而宫内，还有太多的绘画、雕塑，令人眼花缭乱。站在那里，内心会有喜悦和兴奋，也会有惋惜。我们参观一个半小时就必须结束了，而罗浮宫，不吃不喝不睡地参观，据说尚需一个礼拜，真是叹为观止。

让我们再次给未来留一些时间和可能吧。

比起凡尔赛，我更爱罗浮宫。

而下午老佛爷的购物则是另一种感觉。商场被中国的旅游团弄得像是菜市场，摩肩接踵，台阶上坐的，地上趴的，旮旯里挤的，全是黑头发黄皮肤，看上去脏乱差，那真的不是享受。

接下来的凯旋门、埃菲尔铁塔就是走马观花、浮光掠影了。

好了，一会就要飞北京了，回去再说。望小孩儿和我一路平安，顺利。

2014年8月12日早，巴黎

教堂和咖啡馆

经历了匆匆十余天的欧洲之旅，走马观花地去一个又一个的地方，目之所及，心之所感，仿佛只留下两样东西：教堂和咖啡馆。

欧洲不能没有教堂。教堂是欧洲建筑艺术的重要代表，也是欧洲文化和生活的重要组成部分，在政教合一的漫长中世纪，教堂更是权力和奢华的象征，一直以来，也是人们灵魂的归宿地。梵蒂冈的圣彼得大教堂，佛罗伦萨的圣母百花大教堂，威尼斯的圣马可教堂，米兰的米兰大教堂，巴黎的巴黎圣母院……城市，乡村，无论走到哪里，随时都能看到教堂和高高的钟楼，有了它，一方水土才显安稳。

教堂是欧洲人生活的重要场所，平日里他们去那里祈祷、礼拜，结婚、生子他们去那里祝福洗礼，当灵魂归天，很多人还要埋葬在那里，与天父同在。在梵蒂冈圣彼得大教堂的礼拜堂内，不时地有人进进出出，安静地跪下来或肃穆地站在那里，面对上帝，作短暂的祷告，与上帝进行虔诚的心灵沟通；在建于山上、有着1200多年历史的法国艾日小城，教堂建在半山腰醒目的位置，进出祈祷的人们神情中带着庄严；在瑞士因特拉肯住宿的那个早上，我们早早起来，在小镇上溜达，循着教堂尖尖的塔顶走过去，看到教堂的院门虚掩着，正寻思是否进去看看，发现在教堂的一侧，参差地立了一些墓碑，我们停下了脚步，还是不要去打扰他们了。他们的一生，从出生到死亡，似乎都离不开这么一个地方，那是他们无法离开的栖息地吧？那么，将灵魂安放在这里的又是一些什么人呢？村民吗？也许，这是他们最好的安息地了，一边是上帝，一边是他们的家园。

从热那亚到摩纳哥，车行驶在地中海边的山路上，窗外，每经过一个城镇或村落，都会看到哥特式教堂的钟楼，从低矮的房屋中拔地而起，孤独而又神圣地指向天空。导游告诉我们，每一座教堂都是高过普通居家的。或许这代表了人们内心对上帝的崇拜和敬畏。因特拉肯到卢塞恩的"金色列车"上，也不时地掠过类似的风景，这一切在欧洲，太过熟悉和司空见惯。

而咖啡馆，更是融入了人们的日常生活。法国、瑞士和意大利的咖啡馆都临街半开在外面，朋友、情侣三两对坐，一杯咖啡放在面前，愉快而闲散地聊着天，脸上没有丝毫仓促的神色。即使一人坐着翻看报纸，也是一副悠闲从容的神态。而在国内的咖啡馆我看到、听到、感受到的是另一番景象，坐在那里侃侃而谈或不停打电话的，多半是谈生意或谈工作的人，有着完全不同的姿态和表情，为了挣钱赢利而匆忙焦躁。在这匆忙焦躁之间，生活被无谓吞噬着却毫无知觉。

离开上帝，咖啡馆，或是欧洲心灵沟通的另一个重要场所。走出教堂，离开神界，人们在人间也找到了心灵的皈依。因此无须焦躁，无须烦恼，日子就这样不紧不慢地过着，而且不容侵犯。这同时体现在不同物质和文化背景下不同的生存状态和生活理念。

在佛罗伦萨的那个下午，参观完圣母百花大教堂，别人都去免税店购物的工夫，爱泡咖啡馆的我和咪宝在街边找了一个咖啡馆坐下来，我要了一杯咖啡，咪宝要了一个冰激凌，获得了一会儿小憩，体会了片刻的悠闲与自在。扫舍在《灰屋顶的巴黎》中提及咖啡馆，说几百年前，不知道哪个大师就曾在这里光顾过，或是这里的常客。那么眼前就是但丁——这位文艺复兴先驱的故居，而几百年前活跃在这里、引领了文明风潮的，还有米开朗琪罗、拉斐尔、达·芬奇、莎士比亚……彼时的他们，也像我一样，曾在这里要过一杯称作"special"的苦咖啡吗？然而仓促的旅程能有片刻闲散的歇息，是幸福的。

十几天跑了十几个地方，欧洲的行程是仓促的，但假如有人问我对欧洲的感受,我想说欧洲就两样东西:教堂和咖啡馆。教堂是欧洲的灵魂和心脏,咖啡馆是欧洲的生活态度和生活方式。

        2014年9月3日,北京

法瑞意，美好的旅程

此次欧洲之旅先后去了三个地方：意大利、瑞士和法国。虽然都是浮光掠影，走马观花，但都获得了难忘的第一印象。

意大利是个古老的国度。我们的第一站罗马，沧桑之中充满了昔日辉煌的想象，强大的罗马帝国曾经统治了大半个欧洲，其权力伴随着君王的野心和欲望一度延伸至德国、法国、瑞士、荷兰、比利时、奥地利等很多地方，但万物有始有终，强极之后，它最终还是走向了衰亡。佛罗伦萨作为文艺复兴的发源地，更加富有人文气息，走在街巷中，任何一座教堂、雕像、博物馆和名人故居都能将你带回到那个过往的时代，而在这里，却感觉不到罗马的破败与沉闷，街头、广场卖画的艺人让人联想到曾经云集于此的众多艺术大家和那个群星灿烂的时代，而在依稀之中，我们仿佛又能看到历史、现代乃至未来千丝万缕的沟通与联系。米兰亦是如此。我们抵达米兰已是黄昏，虽然不巧正好赶上米兰大教堂关门的时间，但这座用时500多年建成的大教堂辉煌壮观，呈现于我们眼前的刹那给了我们不小的震撼。所有的古老都是积淀而成的，500年对于漫长的历史或许只是短短的一瞬，但彼时彼地，身处其中，人们能用不足百年的生命和超越500年的思维与意志去规划一座教堂，那依然是伟大和了不起的。而在它的不远处，雕塑大师米开朗琪罗的雕像就安静地立在那里，守护着历史，守护着艺术，守护着美，守护着信仰，用宁静笃定的眼光看着过往的行人。

当我们的大巴驶入瑞士，眼前出现了不一样的景象。湖光山色，芳草连天，木屋、牛羊和麋鹿点缀，画意诗情，难尽其美。从意大利到瑞士，就是从沧桑的古意回到大自然青草铺展的绝美风光，从历史无尽的凄凉回想，回到眼下清新单纯的美好时光。这是一次穿越的旅程。而这穿越，是那么愉悦，彼时彼地，我们宁肯忘记历史，宁肯没有厚度，宁肯抛却一切，只要沉迷于眼前的美景和当下的时光，只要感受彼时心中升起的无限向往……意大利与瑞士的界限，仿佛就是由这些风景划定的，感觉上的巨大的反差给予了我们无限惊喜。而后来的两日，因特拉肯，卢塞恩，无论走到哪里，瑞士都给予我们震撼的美。而当巴塞尔的火车逐渐地驶出瑞士，进入法国地界，眼前的景观随着瑞士的淡出又恢复了平常。这种变奏来得那么美妙，又那么自然。瑞士如神话般留在了我们的记忆里。

法国，尤其是巴黎，则充满了浪漫的都市想象。流淌着塞纳河的巴黎是有活力的，这里的人们和这里的感觉一样富有热情和朝气，在这里，一种温热的气息扑面而来，说不清这种感觉来自哪里，但它就是在。罗浮宫里带着孩子立于滚梯的爸爸妈妈们？塞纳河边挽手散步的情侣？还是大桥之上张着灿烂的笑脸向桥下游船挥舞手臂的法国男人和小孩？说不清楚，但影影绰绰，无处不在。因着这种气息，我爱法国，我爱巴黎。它召唤着人们内心的美好，唤起内心的热情，使人感觉温暖而有希望。那绝不仅仅是巴黎时装、巴黎香水、巴黎购物所能替代。而在这热情和浪漫的背后，巴黎又有着深厚的文化底蕴和撼动心灵的力量，罗浮宫、凡尔赛宫不仅仅是奢华的王宫，这里珍藏的，都是穿越时空的无价之宝，是人类共同的心灵寄托，是世界共有的文明与财富。天使之吻、维纳斯、蒙娜丽莎，那也绝不仅仅是一件雕塑、一幅画，那是人类对真善美的永久追随和向往，而跨越时空，只有真，只有善，只有美，才带着无尽的力量成为永恒。

　　法瑞意，美好的旅程！

2014年9月6日早，北京家中